Querverlag

Peter Hofmann

Nacht
novelle

Roman

Erste Auflage Februar 2003

Umschlag und grafische Realisierung von Sergio Vitale unter Verwendung einer Fotografie von Chris Reynolds (www.chriscophoto.com)

Druck und Weiterverarbeitung: Druckhaus Köthen
ISBN 3-89656-085-9
Printed in Germany

Bitte fordern Sie unser Gesamtverzeichnis an:
Querverlag GmbH, Akazienstraße 25, D-10823 Berlin
http://www.querverlag.de

Mehr über Peter Hofmann: http://www.berlinsolo.de

Do you ever reach out with arms open wide
Do you ever jump in closing your eyes
Or are you one of the fortunate kind
Alone but not lonely?

Mary Chapin Carpenter

Du bist wieder da, stehst vor mir und schweigst. Dass ich dich liebe, sollte ich sagen, dass ich trotzdem liebe. Dass ich nur nicht mehr weiß, ob du mich liebst. Der Blitz aus heiterem Himmel. Oder war er bedeckt? War ich zu sorglos? Von nun an kann ich nicht mehr sagen, dass du meine große Liebe bist, obwohl ich es weiß.

Du weißt, dass ich das zu niemandem vor dir sagen konnte. Du bist der erste, der es je von mir gehört hat. Und ich bin vielleicht der erste, der dir diese Worte glaubt. Aber was heißt das schon? Es ist nicht deine Schuld, ich weiß. Ich kann dich nicht festnageln.

Wir müssten reden. Oder miteinander schlafen. Verzeihen.

Vielleicht sind dir die Worte, die wir uns sagten, plötzlich zu banal. Denn du schweigst. Ich warte auf ein Wort, während du auf ein Wort wartest.

Ist es ein Duell? Wer schießt zuerst? Wer ist schneller? Wer trifft? Wer schießt nur in die Luft?

Stattdessen stehen wir voreinander und wagen es nicht, uns anzusprechen, selbst unsere Blicke weichen einander aus. Scham ist ein gründliches Gefühl. Hinter meiner Stirn herrscht Aufruhr, eine Massenpanik der Gedanken, aber sie finden den Ausgang nicht.

Würde ich beginnen, sie freizulassen, kämen die falschen Fragen zuerst aus meinem Mund. Und vielleicht geht es dir genauso. Es hilft nichts. Falsche Fragen sind schlimmer als falsche Antworten. Und die Angst vor der Antwort entstellt jede Frage bis zur Unkenntlichkeit, macht aus einfachen Fragen Angriffe und Anschuldigungen. Also trampeln sich meine eingeschlossenen Gedanken gegenseitig tot.

War dieses Misstrauen schon gestern da? Haben wir uns misstraut und hintergangen, während wir so taten, als wäre alles in Ordnung?

„Was denkst du?" könnte einer von uns fragen.

„Ich denke Panik!" wäre die einzig mögliche Antwort meinerseits.

Wir schweigen betreten.

Du stehst auf, um hinauszugehen, dabei streift deine Hand meine. Sie fühlt sich kalt wie eine Klinge an.

Es war kein Blitz. Ich wusste nicht sofort, dass er es ist. Dass er „er" sein würde. Wir wurden uns vorgestellt. Wir hatten zum gleichen Thema recherchiert, und unsere Reportagen waren fast zeitgleich erschienen. Berliner Hinterhöfe. Eigentlich hätten wir gemeinsam publizieren können, denn seine Fotos hätten meinen Text gut ergänzt.

Es war eine dieser Medienpartys, zu denen man hingeht, obwohl man keine Lust dazu hat, und sich dafür entschuldigt, dass es Arbeit ist und kein Vergnügen. Diesmal waren „Die Titten" nicht da. Wir nennen sie „Die Titten". Die Luder. Weibliche wie männliche. Meistens blond, immer hübsch und als Dekoration unschlagbar, wie Petersilie auf einem kalten Büffet.

Manchmal verirrt sich solch eine Titte in die Redaktion, um ein Volontariat zu absolvieren. Meist verschwinden sie aber schnell wieder. Sie können nicht bleiben, denn trotz allem muss man bei uns etwas tun. Und sie suchen doch etwas, wo sie Geld fürs Gutaussehen bekommen, obwohl das viel verlangt ist im Leben, für den Körper Geld zu verlangen, ohne ihn zu verkaufen. Wir ignorieren sie, Christiane und ich, lassen ihre opportunistischen Anschleichversuche links liegen. In diesem Zusammenhang bleibe ich selbst bei den hübschesten Jungs kalt, und Christiane, meine lesbische Redaktionsleiterin, zeigt sich immun gegenüber den Reizen der Girls in ihren engen Pullis mit Glitzersteinchen über den halterlosen Brüsten. Wir beneiden sie vielleicht ein wenig um ihre Jugend, aber grundsätzlich und vehement um ihre Unverschämtheit, um das Selbstbewusstsein, das scheinbar frei schwebt wie eine Tischplatte ohne Beine. Sie zweifeln nie an sich, nur an ihrem Spiegelbild.

Aber das ist es nicht. Und wenn es das wäre, dann würden wir das nie zugegeben. Außerdem ist Christiane eine Frau. Und Frauen dürfen so etwas sagen über andere Frauen. Es geht darum, dass „Die Titten", und nicht nur sie, offenbar der Auffassung sind, dass ein hübsches Gesicht und ein peppiger Vorname ausreicht, um Karriere zu machen. Nicht bei uns. Milka, Verena, Camilia und Schokominza haben keine Chance. Marcello, Dominic und Gordon blitzen genauso ab. Schlussendlich aber blitzen sie ab, weil sie kein Durchhaltevermögen besitzen, weil sie es sich leichter vorgestellt hatten und weil ihre mutmaßlichen Vorstellungen in Sachen Leben einer Seifenoper entstammen.

„Man könnte sie als Körper-Double anstellen", sagte Christiane einmal.

Sie waren nicht zahlreich an diesem Abend, denn es gab keine große Prominenz. Es war ein B-Event. Wahrscheinlich fehlten sie Christiane und mir, denn man muss sich ja über etwas unterhalten. Sogar die Fotografen schienen woanders zu sein. Auf Sylt oder in Monaco.

Doch diese B-Partys sind wichtiger. Man trifft die Zwischenebenen, die Menschen, die wirklich arbeiten, Ideen haben und etwas auf Können und Qualität geben, Menschen, die bluten würden, piekste man sie mit einer Nadel. So jedenfalls hoffte ich.

„Früher hatten die Flittchen wenigstens Talent", sagte Christiane.

„Ich bin mal gespannt, ob ich mit fünfzig genug Macht habe, um mir einen hübschen, willigen Assistenten zu suchen", erwiderte ich.

„Dann arbeite. Zum Sichhochficken ist es für dich zirka zwanzig Jahre zu spät, mein Herz."

„Ich weiß. Vielleicht hätte ich das probieren sollen." Ich lächelte aufgesetzt wehmütig. „Damals."

„Sei bloß still! Dir verseuchen die ganzen Bewerbungen ja nicht den Schreibtisch. Was glaubst du, wer heutzutage alles Journalist werden will? Alles schicke Mädels und hippe Jungs. Aber sonst? Hirn-Tschernobyl!"

Ich hätte anfangen können, über gelangweilte tätowierte Volontäre herzuziehen, die mit leerem Blick auf ihren Laptop starren, auf die Topstory warten und gleichzeitig mit einer einfachen Umfrage überfordert sind.

„Das gibt sich noch", sagte ich zu Christiane. „Wenn Mutti ihnen die Schecks nicht mehr jeden Monat schickt."

Christiane nickte und lachte kurz auf.

Wir sahen uns weiter um.

Ihn hatte ich auf einer Party noch nicht getroffen. Ich kannte seine Fotos, aber ich konnte seinem Namen kein Gesicht zuordnen.

Vielleicht gehörte er zu den Männern, die ich irgendwann angesehen hatte und die meinen Blick nicht erwiderten. Einfach, weil ich es nicht wert war, von ihm ins Visier genommen zu werden.

Aber manchmal lösche ich Gesichter von meiner Gedankenfestplatte, unangenehme sowieso, besonders hübsche zuweilen auch. Letztere verderben die Preise. Ich hatte immer das Gefühl, ihnen nicht zu genügen. Es gab sogar eine Zeit, da hat es mich deprimiert, besonders schöne Männer anzusehen. Ihre Nichtbeachtung schmerzte mich. Vielleicht also kannten wir uns wirklich von früher. „Oh, schönen guten Tag. Ja, wir kennen uns. Wir haben uns schon mindestens dreimal ignoriert. Wie geht es Ihnen denn so?"

Christiane stellte uns vor. Christiane und ich sind wie eine Symbiose, wie Einsiedlerkrebs und Schneckenhaus. Wenn offizielle Termine anstehen, bei denen der Gatte/die Gattin in Schönschrift ausdrücklich eingeladen ist, dann nimmt Christiane mich und nicht ihre Freundin Lillian mit. Wir haben beide etwas davon. Wir fühlen uns miteinander sicherer, wir verstehen uns und wir müssen nicht viel reden, um uns zu verständigen.

Vielleicht bin ich das Flittchen in unserer Beziehung, denn ich ziehe mehr Nutzen als sie aus unserer Freundschaft. Da wir uns aber schon gekannt und gemocht hatten, bevor sie zur Redaktionsleiterin aufstieg, ist das zu vernachlässigen. Ich habe ihr die Führung überlassen, wenn man das so sagen kann, denn wir haben nie darum gekämpft.

Christiane ist etwas untersetzt, sinnlich, mit vollen Brüsten und einem runden Hintern, mit widerspenstigen Locken, rostrot und auffällig. Sie hat Sommersprossen. Nein, schön ist sie nicht. Oder doch. Sie hätte vielleicht als Kind Pippi Langstrumpf spielen können. Sie hat ein verschmitzt-freches Gesicht, sympathisch, herzlich zuweilen, und doch immer mit einem sarkastischen Zug um den Mund, der Angriffslust signalisiert.

Ihr Lachen funktioniert, sie bekommt es hin, dass, selbst wenn sie heuchelt, es noch echt, entwaffnend und herzlich wirkt. Christiane gefällt nicht, sie nimmt ein. Sie ist der Typ der ehrlichen Intrigantin. Sie lernt dazu, sie nimmt wahr und analysiert, und zuweilen seziert sie, präzise und scharf wie ein Skalpell. Und ich beneide sie.

Sie weiß das. Vielleicht ist sie für mich so etwas wie eine Mutter. Obwohl sie nur zwei Jahre älter ist als ich. Eine Wahlmutter. Vielleicht ist ihre Reife auch nur Tarnung, eine Methode zur Selbstbehauptung gegen die anderen, die Blonden, Schönen und Schlanken, die offenbar nichts benötigen, um nach oben zu gelangen, nur das richtige Verkaufskonzept.

„Ich geh mal puschen, halte die Stellung", sagte sie und verschwand in Richtung der Toiletten.

Ich blieb, sah mich um, nickte Bekannten zu, hielt mich an meinem Glas fest.

Ich war kurz davor, mich müde zu stellen und nach Hause zu gehen, als sie zurückkam, untergehakt mit ihm. Sie lachte, und ich sah die List in ihren Grübchen. Sie hatte etwas vor.

„Das ist er", sagte sie zu ihm. Und er nickte und lächelte.

„Wer?" fragte ich perplex und sah ihn und Christiane abwechselnd an.

„Letzte Woche sind eure Reportagen erschienen, zu den Hinterhöfen. Er hat die geilen Bilder gemacht, die bei dir gefehlt haben", sagte Christiane.

„Ach", sagte ich überrascht und lächelte ihn mit Respekt, aber nicht unterwürfig an.

Christiane schob ihn mir hin, sagte ihm meinen und mir seinen Namen, dann spielte sie die Abgelenkte: „Ach, da hinten sind ja die Fernseh-Kollegen. Sorry, mit denen hab ich noch ein Hühnchen zu rupfen." Sie verschwand und ließ uns stehen.

Wir blieben etwas bedeppert zurück, jeder mit einem Glas Sekt bewaffnet, in Sakko, so lässig, dass es schon wieder verkrampft war.

„Ich hasse diese Partys eigentlich", sagte ich und lächelte. Wir alle hassen diese Partys, aber wir gehen hin.

Vielleicht um die Chance zu bekommen, entdeckt zu werden, wofür auch immer. Wir hassen, was wir brauchen, und sei es der Ehrgeiz.

„Ja. Was soll man machen?"

Er lächelte auch. Unsicher und etwas unbeholfen. Er ist zu schön, dachte ich. Zu schön für mich. Ohne es zu wollen, war ich schon dabei, ihn auf Kompatibilität zu prüfen. Etwas größer als ich, einen ganzen Kopf größer sogar, eine Glatze, breite Schultern, aus seinem Hemdkragen quollen ein paar Haare. Blaue Augen, ja, so blau, dass es schon kitschig war. Seine Nase etwas zu groß, aber gerade deswegen sexy, herb und maskulin, wie die beiden Linien, die sich scharf und in sanften Bögen von den Nasenflügeln zu seinen Mundwinkeln schwangen. Einfach zu schön. So einer wird entweder überschätzt oder unterschätzt. So einer kennt seine Stärken, spielt sie aus und lebt davon. Oder aber er kennt sie nicht. Und das ist womöglich schlimmer. Solchen Männern habe ich immer unterstellt, dass ihnen alles leicht fällt, dass sie gewinnen, ohne etwas dafür tun zu müssen.

„In welcher Ecke von Berlin wohnst du?" Eine Frage, die ich mir lieber hätte verkneifen sollen. Denn sie fällt unter die Rubrik „Anbaggern". Wie weit müsste ich fahren, wo ist die nächste S-Bahnstation, würde ich es im Ernstfall noch nachts nach Hause schaffen, mit Würde und ohne großen Schlafverlust?

Aber es war ein Samstag, da hätte die Ausrede mit früh aufstehen und viel Arbeit ohnehin nicht gezogen.

„Schöneberg", sagte er.

„Aha", erwiderte ich anerkennend, als wäre Schöneberg Dahlem.

„Und du?" Er nahm einen Schluck und sah mich an, und während er das tat, schrumpfte ich um mindestens dreißig Zentimeter. Er sah mich von oben herab an, ich fühlte mich plötzlich klein und hässlich. Ich weiß, dass ich nicht besonders hässlich bin, aber ich bin auch nicht besonders schön. Den meisten Männern war ich interessant genug, und wenn sie mitbekamen, was ich tat, dann wurde ich noch ein wenig interessanter. Insofern hat mir die Karriere bei meinem Aussehen geholfen, nicht umgekehrt. Ich gehörte zu der Kategorie „Interessante Männer", denen man Charakter unterstellt.

Er sah von oben auf mich herab, einfach, weil er größer war. Dennoch, ich war geschrumpft. Und ich sah zu ihm hoch.

„Fast Schöneberg", sagte ich. „Tiergarten."

„Aha." Er ahmte meinen Tonfall nach. Wir grinsten. Irgendwie grinsten wir verschworen.

Christiane war weg. Ich wusste nicht, ob sie Hintergedanken hatte. Die zwei oder drei Male, bei denen sie versucht hatte, mich zu verkuppeln, endeten peinlich und erfolglos, so offensichtlich falsch, dass wir beide uns nie wieder darauf ansprachen. Ich dachte, ich müsste dankbar sein für ihre Bemühungen, und sie schämte sich wohl, dass sie immer daneben lag, nie meinen Geschmack getroffen hatte. Bis zu diesem Abend jedenfalls. Doch noch war nichts entschieden, noch war alles möglich.

Er gab sich erstens unverbindlich, zweitens viel zu schön, viel zu muskulös und viel zu groß. Eine ganze Nummer zu groß. Mindestens.

Er sah sich um im Gewimmel. Wir standen und sagten zunächst nichts. Mir fiel kein Thema ein. Jede Frage, jede Bemerkung, die ich mir zurechtlegte, klang in meinem Kopf plötzlich hohl und dumm, nichts sagend und blöde.

Ich wollte ihn nicht ins Bett kriegen, aber ich war geil auf ihn. Ich wollte mich nicht aufdrängen, und doch interessierte er mich. Obwohl er zu schön war – oder weil er zu schön war. Vielleicht hätte ich ihn billig angebaggert, aber da Christiane ihn kannte, hätte es meinen Ruf beschädigt.

Wir blieben trotzdem beieinander stehen, sahen uns um, dann kurz an. Und wieder lächelten wir. Auch er schien unsicher. Und das verunsicherte mich noch mehr. Von so einem Mann erwartet man Sicherheit, Souveränität. Man erwartet von solchen Männern immer mehr als von sich selbst.

„Ich werd mal eine Runde drehen", sagte er. „Hat mich gefreut."

„Ja, mich auch. Wirklich." Ich stammelte. Und ich spürte, dass mir das Blut in den Kopf schoss. Enttäuschung, Scham und das Gefühl einer gründlichen und schnellen Niederlage.

Ja, ich schämte mich. Für meine Gedanken, die schon viel weiter waren, als es in der Realität je gehen würde. Pubertär. Verdammt!

Er verschwand in der Masse, und nachdem ich ihn aus meinem Blickfeld verloren hatte, war Christiane plötzlich neben mir.

„Na, wie gefällt er dir?"

„Schicker Typ. Wahrscheinlich zu schick für mich."

„Du blöder Affe. Willst du jetzt ein Kompliment von mir hören oder wie?"

Ich zuckte mit den Schultern. Ich war immer noch klein. Mit nicht besonders viel Muskeln bepackt, ohne blaue Augen. Die Polizistin, die mir seinerzeit in die Augen sah, als ich meinen ersten Personalausweis bekam, sagte: „Was ist denn das für 'ne Augenfarbe? Das ist doch

Mischmasch." Dann hat sie „graugrün" aufgeschrieben. Und ich war ihr dankbar für das Grün.

„Komplimente sind immer gut. Außerdem bin ich zu alt, und du hast keine Ahnung, wie das ist. Ihr habt schließlich zehn Jahre hinter euch."

Christiane zuckte mit den Schultern.

„Na und? Du bist fünfunddreißig, ich bin siebenunddreißig. Das hat da gar nichts mit zu tun. Und dass Lillian und ich es so lange geschafft haben, das ist Glück."

„Glück", sagte ich, und es klang abschätzig und abwertend, wie die Rezension eines Rosamunde-Pilcher-Romans, angeekelt von der triefenden Süße und neidisch auf die Verkaufszahlen.

Christiane hatte den Tonfall genau registriert.

„Ja, Glück. Dass wir nicht beim ersten Schnullikram auseinandergerannt sind. Dass wir das hingekriegt haben. Weil das nämlich nicht ewig dauert mit den Schmetterlingen und dem Brötchenholen."

Ich wollte nicht weiter über dieses Thema reden.

„Ist die Chefin da?" fragte ich und sah mich um.

„Lenk nicht ab."

Eine Hostess kam vorbei. Christiane riss mir das leere Sektglas aus der Hand, versperrte dem lächelnden, blonden Mädchen den Weg, stellte zwei leere Gläser aufs Tablett und nahm sich zwei volle.

„Danke, Claudia!"

Das Mädchen stutzte. „Ich bin nicht Claudia. Ich heiße Janine!"

„Ach, du bist nicht Claudia Schiffer? So ein Mist auch."

Das Girl verlor für einen Augenaufschlag die Kontrolle, schluckte, suchte hinter ihrer hübschen Stirn nach einer Erwiderung, fand sie nicht, drehte sich beleidigt, aber wieder lächelnd um und trug das Tablett weiter durch den Saal, das Kinn höher haltend als zuvor.

„Ersatzteile", sagte Christiane und sah ihr kurz nach. Dann wendete sie sich mir zu.

„Musste das jetzt sein?" fragte ich.

„Ja, ab und zu muss das sein. Männer verstehen das nicht."

Ich versuchte nachsichtig zu lächeln. Christiane hielt sich nicht damit auf.

„Wir haben ein paar Krisen durch, Lillian und ich. Da kannste einen drauf lassen."

Sie hielt zur Bekräftigung das Sektglas hoch, um mit mir anzustoßen. Sie trank, schmatzte genießerisch und fuhr fort: „Entweder du willst ewig Honigpampe, dann hält das ein paar Monate, vielleicht ein Jahr, und nicht länger. Irgendwann geht aber die Honigpampe aus. Da brauchst du was Richtiges. Und das gibt es nicht für umsonst." Sie nahm noch einen Schluck und sagte: „So."

„Danke für die Belehrung. Ich will mir das merken."

„Hat er dir wenigstens gefallen?"

„Ja. Schick."

„Schick, schick", feixte sie boshaft und schnitt eine angesäuerte Grimasse. „Das ist kein Sakko! Das ist ein Typ, ein Kerl, ein Mensch. Also sag nicht schick, du schwuler Affe."

„Okay. Lesbische Kuh."

„Also?" Sie steckte die Kuh routiniert weg und sah mich fragend und strafend zugleich an.

„Ja, er sieht gut aus und ist wahrscheinlich sogar intelligent."

„Genau das wollte ich hören. Hast du die Telefonnummer?"

„Nein."

„Du führst dich auf, als wärste heute nachmittag eben erst aus Meck-Pomm eingeflogen. Wie lange bist du schon auf der Piste?"

„Jedenfalls frage ich nicht jedes zeugungsfähige Männchen nach drei Minuten nach seiner Telefonnummer. Fertig. Es hat sich nicht ergeben, ich bin nicht sein Typ und damit hat sich das wohl."

Christiane funkelte mich an. Sie schien siegessicher.

„Ha!" machte sie triumphierend, setzte das Glas dramatisch an die Lippen, trank, schnaufte genussvoll und warf ihr Haar in den Nacken.

„Aber ich hab sie." Sie holte eine Visitenkarte aus ihrem Ausschnitt, fächerte sich kurz damit Luft zu und hielt sie mir vor die Nase.

„Wie schön für dich."

„Für wen das schön ist, werden wir noch sehen."

„Ja."

„Basta, nimm das Ding und ruf an oder mach sonst was." Ich griff danach und steckte sie ein.

Wir standen weiter herum, sahen uns die Leute an. Es war spät. Ältere Herren mit verrutschten Lesebrillen und zu engen Sakkos schoben ihre glitzernden Gattinnen wie Schaufensterpuppen auf Rollen in Richtung Garderobe.

Ein Politiker wollte Sirtaki tanzen. Zwei stadtbekannte schwule Friseure verwickelten einen jungen, knabenhaften Kellner in ein Gespräch, kurz davor, sich auf ihn zu werfen wie ein geriatrisches Hyänenrudel.

Christiane passt nicht in solche Gesellschaften. Dennoch bewegt sie sich in ihnen, als hätte sie nichts anderes gelernt. Nein, sie ist nicht schön, aber sie tut so. Lillian ist die Schöne. Sie ist grazil und lang, sogar blond. Eine dieser norddeutschen Blondinen. Eine von diesen Frauen, die selbst Ende dreißig noch wie Jurastudentinnen wirken, denen man nicht ansieht, dass sie lesbisch sind, geschweige denn überhaupt ein Sexualleben haben. Sie wirken immer frisch geduscht, wie mit Teflon beschichtet.

Aber das ist nicht immer ein Vorteil. Ich weiß nicht, ob ich Lillian unter- oder überschätze. Sie ist nicht dumm, nur sehr ruhig. Sie ist ein kühler Gegenpol zu Christianes hitzigem Temperament.

„Ich glaub, ich geh dann langsam", sagte ich. Christiane wollte etwas entgegnen.

Sie hatte gerade den Mund aufgemacht, da zuckte ihr Blick an mir vorbei, blieb neben meiner linken Schulter hängen, und ihr Mund verzog sich zu einem belustigten Lächeln.

„Ihr seid ja noch da", hörte ich ihn sagen.

„Ja", sagte ich steif wie ein stummer Diener.

„Ich will nämlich gleich los."

Christiane stupste mich an.

„Ja", sagte ich wieder und hasste mich.

„Sieht man sich mal?"

„Ja." Ich biss mir auf die Unterlippe, grinste wahrscheinlich blöde und rang um Fassung. „Ich meine, gern. Würde mich freuen." Warum stammelte ich nur so?

Er zog eine Visitenkarte aus seinem Sakko.

„Hier, bitte."

„Danke", sagte ich und steckte sie zu der Karte, die mir Christiane eben gegeben hatte.

Ich tastete in meine Gesäßtasche und gab ihm eine von meinen. Ich schämte mich, weil sie etwas zerdrückt war.

Er sah die Karte an, las und lächelte. Dann bedankte er sich. Er drückte Christiane und gab mir die Hand. Unser Händedruck dauerte etwas zu lange, und ich fand meine Handfläche plötzlich verschwitzt, seine war trocken und warm. Dann lockerte ich den Griff, zog die Hand zurück. Alles war schiefgegangen. Meine mentale Schrumpfung verstärkte sich, mein Anzug schien mir zwei Nummern zu groß.

Er beugte sich plötzlich vor, sein Kopf bog sich herunter auf meine Augenhöhe. „Tschüs", sagte er und gab mir einen Kuss. Ein Küsschen. Nichts Besonderes. Ein Küsschen auf den Mund.

Vielleicht war das der Augenblick, in dem es passierte. Einfach so.

Ich kann nicht sagen, wie ich mich vorher verliebt habe. Ob ich überhaupt jemals verliebt gewesen bin. Ich war ein paar Mal angetan, beeindruckt, aufgegeilt, habe Trophäen gesammelt, mir Männer schöngeguckt, nur weil ich mir etwas Längeres wünschte. Doch es war nie ganz richtig, zuweilen sogar völlig falsch. Es war ein Scheitern auf hohem Niveau.

Und diese Niederlagen hatten immer den Vorteil, dass ich die Schuld auf andere abwälzen konnte. Sie haben sicherlich dasselbe getan.

Aber verliebt war ich nie, und wenn, dann nur kurz. Vielleicht liebte ich Ideen und Vorstellungen mehr als die Männer, mit denen ich sie verknüpfte.

Es ist bequem. Eine Affäre ist zu unwichtig, um sich deshalb in Frage stellen zu müssen. Doch eine Ansammlung, eine lange Reihe von Affären, die alle mehr oder weniger nach demselben Muster ablaufen, das ist mehr, das ist die Summe der Beschränktheit, das Ergebnis unter dem Strich, und die volle Punktzahl ist nie erreicht worden. Durchgefallen.

Ohne Christiane hätte ich es vielleicht nicht bemerkt oder wäre erst später drauf gekommen. Viel später. Möglicherweise wäre es dann zu spät gewesen.

Ich weiß es nicht. Aber als wir uns küssten, war da ein Innehalten für den Bruchteil einer Sekunde. Sein Gesicht war etwas länger vor meinem, als es nötig gewesen wäre, und mein Kopf wollte in seine Richtung. Als hätte jemand ein unsichtbares Gummiband zwischen uns gespannt. Es war eine Form seltsamer Gravitation. Und in diesem Moment sahen wir uns in die Augen. Ganz kurz, aber ganz genau.

Dann war es vorbei. Er ging. Und ich sah auf die Visitenkarte.

„Kawumm!" sagte Christiane und kicherte. In diesem Moment hätte ich sie umbringen können, so gut fühlte ich mich. Und so schlecht.

Es ist nicht sehr spät. Kurz vor neunzehn Uhr. Die Fenster stehen offen, und ich höre die Vögel singen. Ab und an fährt ein Auto vorbei, doch das Gezwitscher lässt sich nicht beirren. Eigentlich mag ich solche Abende derzeit.

Wenn er weg ist, noch arbeitet, dann genieße ich die Ruhe, dann ist kein Fernseher und keine Stereoanlage eingeschaltet, ich höre nur in die Wohnung hinein. Es gibt Geräusche in jeder Wohnung, und überall sind sie anders. Das Knarren und Quietschen der Dielen in der Küche meiner Mutter, wenn ich im Nebenzimmer im Bett lag. Ich konnte genau sagen, wo sie gerade hinging, an den Küchenschrank oder an die Spüle. Ihre Schritte waren kurz und zielstrebig. Wenn es still war, dann murmelte es hinter der Wand. Ein Murmeln wie Wasser. Vielleicht die Wasserleitung, doch für ein Kind sind das die Traumgestalten, die darauf warten, sich in den Schlaf zu schleichen. Meine erste Wohnung in Berlin stöhnte. Nicht erregt, sondern erschöpft. Manchmal knackte der Türrahmen zum Flur, oder ein Fenster entspannte sich für den Sommer, verhalten klirrend. Die Stimmen, die Geräusche, das Weinen und die Musik aus den Nachbarwohnungen verdichten sich, sind nicht in Einzelteile zu zerlegen, bilden ein Kulisse, eine Art Aura.

Unsere Wohnung hat auch ihre Sprache. Seine Schritte im Flur, ganz weich und dumpf, wegen der Auslegware.

In seinem Zimmer läuft er nur in Socken auf den Dielen herum, was fast wie ein Tier klingt, größer als eine Katze, ein Raubtier. Die verschiedenen Geräusche der Türen, das Abflussrohr, das man nachts hört, wenn die Familie über uns spült oder duscht. Das hopsende Kind, das ich noch nie gesehen habe, das so oft quengelt. Hier unten hört es sich an, als drückte man ein Kissen auf dieses Greinen.

Die Wohnung klingt anders, wenn er daheim ist. Sie hält sich zurück, dann ist er der Mittelpunkt. Dann dreht sich alles um ihn. Ob er in seinem Zimmer sitzt und arbeitet, telefoniert, dass ich ihn sprechen höre und genau sagen kann, ob er gerade geschäftlich oder privat redet. Ob er sich am Kühlschrank ein Bier holt und im Vorbeigehen in mein Zimmer sieht.

„He", sagt er dann, dass ich mich umdrehe. Er lächelt, und ich lächle auch.

Es ist, als ob es wärmer wäre, wenn er daheim ist.

Dieses Gefühl, in die Wohnung zu kommen und ihn vorzufinden, kann ich noch immer nicht beschreiben. Das Gefühl ist spiegelverkehrt zu jenem, das ich früher hatte, als niemand auf mich wartete, als ich einfach nach Hause kam, die Uhrzeit egal war, der Kühlschrank verhurt und leer oder viel zu voll für eine Person. Ich weiß noch, dass ich einmal auf dem Weg von der S-Bahn zu meiner ersten Wohnung von einer Traurigkeit befallen wurde, so heftig, als hätte mich ein Schuss getroffen. Für einen Moment fühlte ich die vollkommene Einsamkeit.

Nun befallen mich Momente auf dem Nachhauseweg, die sich anfühlen wie das perfekte Glück. Nur die Idee, dass er schon da sein könnte, wenn ich komme, dass er Kaffee gekocht hat und am Küchentisch Zeitung liest, während er auf mich wartet, entfacht dieses Glück. Im

Gegensatz zur Einsamkeit, die ich seinerzeit gefühlt habe, macht es mich immer noch fassungslos wie ein seltsamer Traum, der Bilder zeigt, die man nicht oder erst sehr viel später versteht.

Im Moment gibt es in der Wohnung nur Gezwitscher durch das offene Fenster.

Jetzt habe ich keine Ruhe, hier zu sitzen, um auf Geräusche zu warten, denn ich warte auf ihn. Das ist etwas anderes. Da spielen sich Geräusche ab, die gar nicht da sind. Der Schlüssel in der Tür oder eben seine Schritte im Flur. Die Haustür unten, deren Knarren ich gleich am zweiten Tag entziffern konnte.

Ich warte. Ich suche etwas, um das Warten zu vergessen. Ich will hier sitzen, wenn er wiederkommt. Mich entschuldigen vielleicht oder darauf warten, dass er es tut.

„Was du nicht weißt, macht dich nicht heiß."

Hat das Christiane gesagt? Ich weiß es nicht mehr. Irgendwer.

Ich weiß, dass ich einen Fehler gemacht habe, aber ich habe entdeckt, dass er womöglich drauf und dran ist, einen Fehler zu begehen. Eigentlich sind wir quitt.

Aber ich bin nicht quitt. Es war zu lange sorglos. Es war zu leicht. Ich habe mich gewundert und habe sie genossen, diese Leichtigkeit. Alles ist unkompliziert gewesen in diesen zwei Jahren.

„Funktioniert ganz gut mit uns, was?" Er hat mich das gefragt, nachdem wir ungefähr ein halbes Jahr zusammen waren. Wir lagen in seinem Bett, kurz vor dem Einschlafen. Er hinter mir, eine Hand auf meiner Brust und ein Bein zwischen meinen, hielt er mich fest und gab meinem Nacken kleine Küsse.

Und ich antwortete: „Ja. Sehr gut."

Mehr sagten wir nicht. Mehr mussten wir nicht sagen. Wir schliefen einfach ein.

Und es hat funktioniert. Ohne große Abmachungen, ohne Vertragsverhandlungen, es waren nur ein paar Kleinigkeiten zu besprechen. Ich habe mir Dinge abgewöhnt, die ich längst loswerden wollte. Meine Art, Witze zu erzählen, wie ich in Diskussionen gern Recht behalten wollte, meinen Ehrgeiz, immer herausstechen zu müssen, immer brillant sein zu wollen. Dieser Druck, sich ständig Bestätigung holen zu müssen, ist weniger geworden. Das alles ist unwichtiger geworden seitdem. Seine Anwesenheit hat meine Messinstrumente neu justiert.

Und meine ständige Ahnung, dass das alles zu gut sein könnte, zu schön, um von Dauer zu sein, dass hinter der nächsten Ecke das Misslingen wartet und mir mit der Keule des Scheiterns auf den leichtgläubigen Kopf haut, diese Ahnung ist immer mehr verblichen.

„Freu dich einfach mal", sagte Lillian.

Es ist schwer, in der Gegenwart zu leben, dieses Jetzt zu genießen, es weder mit Vergangenem noch mit den Zweifeln, was auf dieses Jetzt alles folgen könnte, zu vergleichen. Es ist schwer, den Moment zu genießen, ihn aus dem Zusammenhang zu reißen und ihn nicht abzuklopfen wie eine Wand, in der man eine versteckte Tür zu einem geheimen Zimmer vermutet.

Wir haben jetzt eine gemeinsame Wohnung. Davon hätte ich vor zwei Jahren nicht einmal geträumt. Ich ahnte nicht, dass es je so weit gehen könnte, dass ich dazu überhaupt fähig bin. Ich tat so, als wollte ich das gar nicht wissen. Es war anstrengend. Allein fühlte ich mich wie ein Held, der es der Welt zeigt, dass es alleine geht, schwer zwar, aber machbar.

Meine Ansichten, für die ich so lange benötigt hatte, sie zu formulieren und zu so etwas wie einer Lebensphilosophie zusammenzuflicken, habe ich seinetwegen abgelegt wie einen alten Mantel.

Nun wohne ich mit ihm zusammen.

Wären wir beide impulsiver, dann hätten wir diesen Schritt schon nach drei oder vier Monaten unternommen. Aber dazu sind wir beide zu vorsichtig, vielleicht auch zu reif. Wie auch immer. Wir sind eingezogen. Und es funktioniert bislang.

Wie alles bisher.

Ich mit meinen kurzen Affären, er mit seinen langen Beziehungen. Es waren zwei. Beide dauerten jeweils fast drei Jahre. Mit keinem der beiden hat er zusammen gewohnt.

Phil, der Amerikaner, ist zurück nach Seattle gegangen. Sie mailen sich ab und zu noch. Ich weiß nicht viel von ihm.

Sein anderer Ex-Freund heißt Sören. Sie treffen sich noch, ein- oder zweimal im Jahr. Ich habe ihn kennen gelernt. Wir tranken Kaffee. Sören, blond makellos und jung, einer dieser Männer, die anscheinend immer die Anmutung eines Neunundzwanzigjährigen haben. Ich versuchte, mein Misstrauen und meine Vorurteile beiseite zu lassen. Es funktionierte. Er war freundlich.

Sören hat sogar angerufen und uns zur Wohnung gratuliert.

„Ihr macht das schon", hat er zu mir gesagt, denn ich war alleine.

Von meinen Beziehungen, wenn man sie so nennen kann, ist nur hier und da ein „Hallo, wie geht's?" übriggeblieben. Wenn wir ein Bier im *Prinzknecht* trinken, läuft mir gelegentlich einer über den Weg. Erstaunlich ist bloß, dass sie noch wissen, wie ich heiße, während ich Mühe habe, mich an ihre Namen zu erinnern.

Er hat also keinen Grund, sich von diesen Männern bedroht zu fühlen. Es sind Kleindarsteller aus Kurzfilmen, die niemand mehr sehen will. Vielleicht hat ihn am Anfang meine Kurzatmigkeit misstrauisch gemacht, vielleicht dachte er, dass sich meine Gefühle für ihn ebenso rasch verflüchtigen wie bei den Männern davor. Nun, das ist nicht passiert. Im Gegenteil. Das Gefühl ist stärker geworden. Je länger ich mit ihm zusammen war, desto genauer schien ich zu wissen, dass ich bei ihm bleiben wollte. Ich hätte alle Versprechen, alle Schwüre geleistet.

Sogar „Ich liebe dich" sagte ich. Aber ich bekam es erst über die Lippen, als er es zu mir gesagt hatte.

Es hat sich etwas verändert. Ein kleiner Pinselstrich möglicherweise nur, aber er prägt das ganze Bild neu. Wie ein Wort oder ein einziges Komma, das für sich allein kaum bedeutend scheint, aber einen Text entstellen kann, so dass sich die Aussage völlig neu formiert, sich dreht und wendet, sich womöglich gar ins Gegenteil verkehrt.

Christiane und ich begannen fast gleichzeitig für die Redaktion zu arbeiten. Beide frei, sie aus Westdeutschland, Soziologin und Kulturwissenschaftlerin, ich aus dem Osten. Gesellschaftswissenschaften hatte ich studiert, nur um überhaupt etwas studiert zu haben.

Ich war ein paar Wochen vor Christiane da, nachdem ich meine Chancen gewittert und zugeschlagen hatte. Alles war in einem konstanten Zustand der Veränderung damals, nichts blieb wie es war, und wie es werden sollte, alles existierte nur als Idee, als Vexierbild vom funktionierenden Westen. Dennoch war es eine Zeit der fast vollkommenen Freiheit. Alles war möglich, sogar jene, die von einem „dritten Weg" schwafelten, spürten Aufwind. Das Alte war fort und das Neue noch nicht da. Ich konnte Journalist sein, die DDR-Zensur gab es nicht mehr und die westdeutschen Scheren waren noch nicht installiert in meinem Kopf.

Christiane und ich hätten Feinde werden können, denn das erwartete man von uns. Zwei Lager hatten sich bei den Freien gebildet, die Ex-Ostler und die Westler. Jedes Grüppchen subventioniert von einem Mitglied der Chefredaktion. Jeder wollte seine Hausmacht halten und womöglich ausspielen.

Christiane und ich saßen uns meist gegenüber, an den Nachmittagen, wenn wir von Pressekonferenzen und Interviews zurückkamen.

Wir redeten nicht sehr viel, wussten, woher wir kamen, und waren uns einig, dass uns die Schützengräben egal waren, wir hielten uns da beide raus. Ich konnte die Bunkermentalität meiner Ostkollegen nicht ausstehen, Christiane stank die Überheblichkeit ihrer Westkollegen.

Manchmal brachte ich ihr einen Kaffee vom Automaten mit, manchmal fragte sie, ob sie mir einen mitbringen solle. Wir fragten uns, beide neu in der Stadt, nach Einzelheiten, nach Ecken, nach Telefonnummern, nach Gesprächspartnern zu diesem oder jenem Thema.

Aber wir blieben distanziert. Damals empfand ich das als angenehm.

An einem Nachmittag dann, wir waren gerade ein gutes Jahr in der Redaktion, klingelte das Telefon auf ihrer Seite. Wir hatten keine festen Telefonnummern, nicht mal einen Schreibtisch durften wir ganz in

Beschlag nehmen. Die Leitung achtete darauf, denn mit einem festen Schreibtisch hätte die Möglichkeit bestanden, eine Festanstellung einzuklagen. Auf unseren Postfächern standen aus dem gleichen Grund keine Namen, nur Nummern.

Das Telefon klingelte, Christiane war gerade nicht da, also hob ich ab. Bevor ich mich melden konnte, sagte eine Frauenstimme: „Guten Tag, ich steh hier am KaDeWe und warte. Du olle Doofe. Wird's bald?"

„Äh, Entschuldigung, da liegt wohl eine Verwechslung vor."

Ich sagte meinen Namen und die Redaktion. Dann hörte ich für ein paar Sekunden nur Verkehrslärm und Menschengetrampel. Sonst nichts.

„Hallo?"

„Ich wollte eigentlich Christiane sprechen." Die Stimme, eben noch zickig und fordernd, klang plötzlich kühl, zurückhaltend und eine Oktave tiefer.

„Die muss gleich wieder hier sein, sie ist ziemlich spät von einem Termin gekommen, soweit ich das mitgekriegt habe. Jedenfalls hab ich sie in den letzten anderthalb Stunden nur rennen sehen."

„Das kann ich mir denken. Hier ist Lillian. Richten Sie ihr bitte aus …"

„Moment", rief ich ins Telefon, denn die Tür flog auf, und Christiane kam ins Zimmer geschossen.

„Scheiße!" Sie sah auf ihre Armbanduhr, während sie ihre Umhängetasche an sich riss. „Scheiße verdammt!"

„Hallo!" herrschte ich sie an. „Hier, da ist eine Lillian. Bevor du dich vor die nächste Straßenbahn schmeißt, kannst du ja mal kurz mir ihr sprechen."

„O Scheiße." Christiane funkelte mich böse an, als wäre ich schuld, und riss mir den Hörer aus der Hand.

„Herz! Liebling! Ich hab's nicht geschafft."

Ich wendete mich wieder meinem Text zu und versuchte nicht zuzuhören.

„Ja, ich weiß. Das können wir doch noch machen."

Ich speicherte ab, startete die Rechtschreibprüfung.

„Klaro. Es ist doch erst ..." Christiane sah auf die Uhr. „Scheiße. Liebling, dann holen wir das morgen nach. Bitte."

Es klang weinerlich und bittend.

Ich tippte etwas in ein neues Dokument, um in meinem fertigen Text keinen Schaden anzurichten. Ich wollte von der Szene nichts verpassen.

„Halt! Herz! Warte doch!"

Ich sah hoch und tat, als ob mich die Lautstärke erschreckt hätte.

„Scheiße", sagte Christiane plötzlich ganz leise, ließ den Hörer sinken und hielt ihn mir kraftlos hin. Ich nahm ihn ihr ab und legte auf.

Sie ließ sich auf den Stuhl plumpsen. Dann schaute sie mich an, eindringlich, mit Restwut in den Augen und auch etwas belustigt.

„So. Nun ist das auch klar, was?"

„Was ist klar?"

„Deine Kollegin ist eine lesbische Mitbürgerin. Jetzt hast du es offiziell."

„Na und? Soll ich dir jetzt sofort die amtliche Bescheinigung geben, dass dein Kollege ein schwules Exemplar ist, oder geht das auch morgen?" entgegnete ich schnippisch.

„Nein, die Bescheinigung hab ich schon gesehen. Gleich am ersten Tag."

Sie sagte das todernst. Ich stutzte kurz, dann grinste ich.

„Deine Freundin ist jetzt sauer, was?"

„Bingo. Aber das gibt sich wieder. Ist nicht das erste mal, dass ich ein Date mit ihr erden muss, weil ich nicht rechtzeitig hier rauskomme."

„Und nu?"

„Ich plädiere wahlweise für ein Bier, einen Rotwein oder irgendeinen bunten Cocktail. Aber mit Schirmchen."

„Ich speichere nur schnell noch ab und sag, dass ich das morgen früh abliefere. Reicht ja noch."

„Na, dann spute dich mal."

Wir entschieden uns für das Bier. Dann entschieden wir uns für eine Pizzeria und danach für den Rotwein.

Und ich fand es gut.

Und wir brauchten beide ein Taxi am Ende dieses Abends. Wir waren besoffen. Das war der Anfang.

Heute Nachmittag habe ich die Post auf seinen Schreibtisch gelegt. Es waren zwei Honorarabrechnungen, ein Brief vom Stadtmuseum und einer von der Landesbibliothek. Ich habe die Briefe neben die Tastatur des Computers gelegt.

Dann habe ich mich kurz umgesehen. Er ist so ordentlich. So sachlich. Der Kleiderschrank, hell und mit zwei dunklen Kunststofftüren. Ikea-Bücherregale, in Buche, passend dazu ein Phono-Möbel. Als ich „Phono-Möbel" beim Auspacken auf dem Karton gelesen hatte, musste ich lachen.

Der Schreibtisch steht am Fenster, unpassend, weil es ein altes Möbelstück ist, mit angeschrammten Schnörkeln und dunkelbraunem Furnier. Ich weiß nicht, wie man diesen Stil bezeichnet, „schwülstiger Jugendstil" vielleicht. Davor ein Schreibtischstuhl von IKEA mit dunkelblauem Überzug, sehr niedrig eingestellt, ich würde nach fünf Minuten davon Rückenschmerzen bekommen. Sein Lesesessel ist ein Designerteil, das man zur Schlafcouch umfunktionieren kann. Allerdings nur für eine Person. In meinem Zimmer gibt es eine Doppelcouch. Wir hatten noch keine Gäste bislang.

Ich habe mich umgesehen und tief durchgeatmet. Es riecht noch alles neu bei uns. Dann nahm ich seine Post noch einmal in die Hand, um sie ordentlich zu stapeln, und da stutzte ich. Auf seinem Schreibtisch liegt nichts herum. Nie. Immer ist er aufgeräumt und sauber. Womöglich ist es in den Schubladen vollgestopft und chaotisch. Ich habe nie eine geöffnet, auch nicht, wenn ich allein in seiner alten Wohnung war. Einfach, weil ich hoffte, dass er es bei mir ebenso unterlässt.

Unter der Tastatur lugte eine gelbe Ecke hervor. Ein Notizzettel.

Mit einem plötzlichen Stich in der Magengrube legte ich die Briefe wieder hin und berührte die Ecke des Zettels. Ich wollte den Zeigefinger meiner rechten Hand wegnehmen, mich umdrehen und einfach weggehen. Doch er blieb wie festgeklebt dort, auf dieser gelben Ecke.

Dann zog der Zeigefinger den Zettel hervor. Langsam, wie bei einem Zaubertrick. Es war eine Anstrengung, aber nichts im Vergleich zu der Möglichkeit, den Zettel zurückzuschieben und das Zimmer zu verlassen.

Skinlthrhunk27@network.de

Dann die Telefonnummer, eine Anschrift, eine kurze Wegbeschreibung ab dem U-Bahnhof Jannowitzbrücke.

Donnerstag, 18.00 Uhr. Heute!

Ich schob den Zettel zurück und ging in mein Zimmer.

Das war gegen 16.30 Uhr.

Ich hatte meinen Text in der Redaktion früher fertig. Ich schaute zu Christiane ins Zimmer, sagte kurz Tschüs, sie telefonierte und winkte nur kurz. Donnerstags bin ich meist früh daheim.

Heute ist Donnerstag. Oder?

Ich hole meinen Kalender. Und dazu nehme ich aus meinem Schreibtisch die Kalender der letzten drei Jahre. Dann setze ich mich ins Wohnzimmer an den Esstisch, staple sie vor mir auf und beginne zu blättern. 2000. Es war September.

Ich zähle die Monate, die Wochen, ich suche nach Einträgen. Wir sind jetzt genau zwei Jahre, sechs Monate und vier Tage zusammen. Wenn ich das ab dem Tag rechne, an dem wir uns kennen gelernt, aber noch nicht verliebt hatten, kommen noch elf Tage dazu.

Wir sind noch nicht groß im Urlaub zusammen gewesen. Wir wollten nach Kanada und in die Staaten, aber immer ist etwas dazwischen gekommen. Im ersten Jahr war ich allein in der Schweiz. Wir haben es gerade mal in die Nähe von Kiel für ein paar Tage geschafft.

Wir sind beide noch nie in Italien gewesen. Im kommenden Jahr wollen wir das schaffen.

Auf dem Sessel, auf dem ich nie sitze, auf den ich immer nur Sachen lege, warten zwei Kataloge und ein Reiseführer. An diesem Wochenende wollten wir unsere Italien-Tour zusammenstellen, Hotelpreise vergleichen, Ziele suchen, entscheiden, was wir sehen wollen, wie viel Nächte wir in Rom bleiben, wie lange Florenz und ob wir Venedig nun doch auf die Liste setzen oder nicht.

Statistik. Ich rechne.

Seit genau zwei Wochen und vier Tagen wohnen wir hier. Vier Zimmer mit Bad und Küche.

Wir haben ein gemeinsames Wohnzimmer und zwei Arbeitszimmer. Das Schlafzimmer ist der kleinste Raum, dafür ist die Küche geräumig. Sie zeigt, wie auch das Schlafzimmer, in den Hinterhof. Der ist begrünt. Ein großer Ahornbaum steht vor unseren Fenstern. Und es gibt einen Balkon hier.

Die Wohnung ist sehr günstig. Wir arbeiten viel, sind tageweise fort, können uns unter der Woche sogar aus dem Weg gehen. Aber wir können uns auch sehen. Zusammen essen, einer kocht, irgendetwas Schnelles, dann essen wir und gucken *Wer wird Millionär* dabei, raten mit, haben

Recht oder nicht. Und wir kichern, wenn einer rausfliegt, den wir nicht mögen.

„Ätsch", sagt er dann und küsst mich triumphierend.

Mit ihm geht das. Wir können ein Wochenende faulenzen und dennoch ist es gut, keiner von uns langweilt sich. Manchmal gehen wir ins Theater, ins Kino, trinken ein „schwules Bier", wie er es nennt. Nur um einmal rauszukommen, um nicht zu versauern. Um den Marktwert zu testen.

Wir stehen da, reden Belangloses oder schweigen und sehen uns um. Mit jedem Mal scheint es, als würden wir immer fremder in der Szene. Wie Touristen.

Also bleiben wir zu Hause.

Wir lesen beide, allerdings verschiedene Sorten von Literatur. Er bevorzugt Krimis, englische, ich habe mich auf Romane und Kurzgeschichten konzentriert, meist Amerikaner. Er hat eine Comic-Sammlung, alles von Ralf König und alles von Walter Moers, bei mir stehen ein paar *Far Side*-Bände von Gary Larson, was ein Unterschied ist.

Wir schenken uns keine Bücher. Es geht immer schief. Und als wir es bemerkten, lachten wir ertappt. Es war kein Problem. Als ich mich nach Fotobänden umsah, weil er ja Fotograf ist, fiel mir auf, dass er keine hat. Keine dekorativen Stapel großformatiger Vierfarbbände, die neben der Couch liegen wie Quittungen für geistige Arbeit und Geschmack, die jeder sehen soll, der zu Gast ist.

Er scheint so etwas nicht zu benötigen. Nicht einmal Galerien besucht er, um die Arbeit anderer zu begutachten.

„Ich mach, was ich mache, alles andere bringt mich da nur raus."

„Fast wie ein Schriftsteller, der nichts liest", sagte ich.

„Na und? Dann liest er eben nicht. Vielleicht ist das besser, weil man frei ist und sich nicht ständig mit anderen vergleicht. Oder weil man nicht denkt, das ist eh schon irgendwo gemacht worden. Ich will einfach unbefangen gucken. Und kopieren will ich auch nichts."

Ich habe ihn verstanden. Und ich genoss dieses Verstehen, für das ich mich nicht bemühen musste. Ich verstehe, was er sagt.

Ich habe nie eine solche Beziehung geführt. Es hat sich nicht ergeben. Oder ich habe mich nicht ergeben. Es schien mir einfacher damals, obwohl es nicht einfacher war auf eine Weise. Es gab ein paar Male Liebeskummer, einmal ist es mir richtig schlecht gegangen. Fast ein Jahr lang. Und daran war nicht der Mann schuld, und die zwei Monate, in denen wir uns umeinander bemüht hatten, ebenso wenig. Er trat nur ein Steinchen locker, und das löste eine Lawine aus, die mich verschüttete. Die Erkenntnis, dass ich so nicht weitermachen kann, dass ich andere verlasse, um nicht verlassen zu werden. Und dass die Zeit vergeht. Dass ich altere, dass die Affären seltener werden, dass sie nicht nachklingen, dass jede Nacht mit irgendwem einfach nur aufgenommen, abgelegt und abgehakt wird. Diese Bilder liegen in meiner Erinnerung wie in einer Schuhschachtel. Sie sind nie sortiert, in ein Album geklebt und beschriftet worden. Ich habe die Schachtel weggepackt. Manchmal fällt ein Foto heraus, und ich sehe ein Gesicht oder einen Körper, aber es löst nichts in mir aus, keine Wehmut, keine Nostalgie, keine spezielle Erinnerung. Nur ein Lächeln der Verwunderung, dass offenbar nichts wirklich verloren geht.

Es gibt alte Freunde. Wir telefonieren, wir sehen uns zum Essen manchmal oder laden uns zu Geburtstagen ein. Selten, aber immerhin. Wir wissen nichts mehr voneinander. Karl und Holger sind seit sieben Jahren ein Paar. Am Anfang haben wir noch viel zusammen unternommen. Und mir haben beide ihr Herz ausgeschüttet, wenn es nicht so gut gelaufen ist. Und danach haben sie sich entfernt. Vielleicht waren meine Ratschläge zu schlecht. Oder sie spürten, dass ich sie nicht verstand, sie nicht verstehen konnte. Und dann kam noch die Tatsache dazu, dass ich mit beiden etwas gehabt hatte. In grauer Vorzeit.

Nein, das ist nicht gut. Das war nicht gut.

Jonas und Grit haben vor drei Jahren ein Baby bekommen. Seither haben wir uns nicht mehr gesehen. Wahrscheinlich vermissen sie mich nicht einmal. Ich erzählte ihnen am Telefon, dass ich verliebt bin. Es hat sie nicht interessiert. Und nun ruft Grit nicht mehr an.

Es haben keine Abschiede stattgefunden. Karl und Holger haben zu tun mit Karls Galerie. Und wenn wir telefonieren, was einmal im halben Jahr passiert, dann tut es auch gut, dass wir uns diesen Abstand nicht vorwerfen. Vielleicht sind sie noch Freunde. Bei Jonas und Grit weiß ich nicht, wie sie reagieren würden, riefe ich sie einfach an. Sie könnten sich freuen. Oder nicht.

Vielleicht genügt es, dass man weiß, jemand ist da. Auch wenn man ihn gerade nicht benötigt, weil alles gut läuft. Wie im Urlaub. Wenn keine Postkarte kommt, dann ist alles bestens. Werden Postkarten geschrieben, dann aus Langeweile. Kommt aber ein Brief, stecken Probleme dahinter.

Christiane ist meine Freundin, das kann ich sagen. Sie ist meine Chefin, sie ist mein schlechtes Gewissen. Sie kennt mich.

Auch wenn wir Berufliches vom Privaten trennen oder es jedenfalls versuchen.

Was ich getan habe, werde ich ihr trotzdem nicht erzählen. Wenn heute Abend oder jetzt in diesem Augenblick meine Beziehung vor die Hunde geht, dann bin ich der Auslöser gewesen.

Aber noch kann ich alles retten.

Ich hole mir die angebrochene Flasche Wein vom Wochenende aus der Küche.

Ich lese in meinen Kalendern. Es war auch ein Donnerstag. Er schrieb mir eine E-Mail mit seiner Adresse und einer Einladung zum Kaffee.

Ja, es war ein Donnerstag.

Ich gab mir Mühe, ganz ruhig zu sein oder wenigstens so zu wirken. Ich klopfte an. Niemals würde ich in Christianes Zimmer gehen, ohne vorher anzuklopfen. Schon allein wegen des Tratsches. Fast alle wissen, dass wir befreundet und dass wir homosexuell sind. Andere ahnen es nur, und wir lassen sie oft bewusst im Unklaren. Aber in derlei Kleinigkeiten waren wir schon damals sehr exakt. Auf Redaktionskonferenzen können wir uns gegenseitig heftig kritisieren, unsere Ideen bis aufs Blut verteidigen, auch gegeneinander, oder zusammen jemanden gnadenlos ins Kreuzfeuer nehmen. Wer zwischen uns gerät, ist praktisch tot. Verbal jedenfalls. Wir sind ein Team geworden. Wir siezen uns vor den anderen, heute noch.

Wir geben uns keine Blöße. Wir tuscheln nicht vertraulich in der Kantine, trinken keinen Klüngel-Kaffee zusammen, den jeder registrieren soll, und ich besuche sie nur im Büro, wenn es wirklich dienstlich ist. Oder sie lässt mich rufen. Auch dann ist es meist offiziell. Ab und an legen wir auf diese Weise einen Termin zum Abendessen fest.

„Herein", sagte es hinter dem kühlen Milchglas, das sie besser in einem Krankenhaus hätten einbauen sollen.

Ich stürzte fast ins Zimmer.

„Er hat gemailt!" Ich war aufgeregt, obwohl ich nicht genau wusste, warum. Ich wollte eigentlich gar nicht aufgeregt sein. Vor allem aber war ich bemüht, eventuelle Vorfreude zu ignorieren. Vorfreude ist meist besser als das Ereignis, auf das man sich freut. Ist die Vorfreude zu groß, lässt sie sich womöglich nicht mehr steigern, sie sackt dann ab ins Tal der Enttäuschung. Ich freute mich trotzdem wie ein Schneekönig.

Christiane saß in ihrem dunkelbraunen Ledersessel, tippte etwas in den Computer, markierte dann eine Stelle auf dem Blatt neben sich mit gelbem Textmarker. Sie nimmt nie eine andere Farbe. Einmal habe ich ihr eine Großpackung gelber Textmarker zum Geburtstag geschenkt.

Sie sah mich kurz an. Leicht belustigt und abschätzig.

„Er hat eine Mail geschickt. Gestern", wiederholte ich, wie ein Kind, das den Weihnachtsmann gesehen hat und noch nichts von Verkleidungen weiß.

„Ja, ist ja nun gut."

Sie dämpfte mich. Sie bremste mich immer, wenn ich eine Verabredung hatte, und versuchte, meine Erwartungen leicht herunterzuschrauben, wie eine Gasflamme, die zu hoch eingestellt ist und das Menü anbrennen lässt. Christiane machte mir immer bewusst, dass ich überhaupt Erwartungen hegte. Und auch jetzt deckelte sie meine Vorfreude, von der ich nicht einmal selber so genau wusste, was sie in meiner Magengrube verloren hatte. Noch war nichts passiert.

Sie tippte gerade an ihrem Dienstplan herum. Das ist ihre Arbeit. Sie hasst es, aber irgendwie scheint sie sich an die Sicherheit gewöhnt zu haben. Seit etwa drei Jahren hatte sie damals diesen Posten der Ressortleiterin, davor war sie freie Mitarbeiterin, wie ich auch. Damals hätte sie sich nie vorstellen können, jemals hier zu sitzen. Auf dem Platz von Rosemarie Schracke. Alle sagten „Röschen" zu ihr – alle außer Christiane und mir. Wir hassen sie beide. Und sie hasst uns. Sie ist der Mutti-Typ, arbeitet nicht mit Argumenten, sondern mit Liebesgaben und Liebesentzug.

„Welche Note hast du heute von Röschen gekriegt?" hat mich Christiane früher immer gefragt. Die Noten verteilt Rosemarie Schracke durch ihr Grinsen, diese Grimasse mit schelmisch verzogenem Mund, und durch ihre Augen, die sie kurz und heftig zusammenkneift. Dann sagt sie meist „Na?" und nickt mütterlich-wohlwollend. Am Grad ihres Grinsens kann man seinen momentanen Beliebtheitsgrad ablesen.

„Eine Drei Minus. Hab ihr gestern den Beitrag nicht mehr machen können, weil es ihr einfach zu spät eingefallen ist, dass sie ihn haben will. Dann war aber leider, leider Redaktionsschluss. Hihi."

„Ich habe heute eine Vier, eine dicke fette Vier. Und daran ist, glaub ich, mein Ausschnitt schuld. Sie hat mir ins Dekolleté genickt und nicht ins Gesicht."

Wir lachten verstohlen, denn auch unser Gespräch war gedämpft.

„Wie eine Gasuhr. Kannste ablesen. Die geheime Schracke-Gasuhr. Im Osten erfunden und früher an der Essensausgabe in Kindergärten ausprobiert oder in Exquisit-Läden an der Kasse", sagte Christiane. „Die Wunderwaffe-Ost."

Wir kicherten.

Die Gasuhr blieb immer eine Stufe über Christiane. Und beiden war das unangenehm. Christiane hat mehr Routine. Die Gasuhr fühlte sich nie wohl in der Rolle der Chefin. Hochgespült in den Wendewirren, einzig allein aus dem Grund, weil sie kein SED-Mitglied war und wohl rein journalistisch keinen großen Schaden angerichtet hatte. Eine Stasi-Akte gab es nicht, jedenfalls wurde keine gefunden.

Christiane hat Rosemarie Schracke immer verachtet, und diese Verachtung basiert auf Gegenseitigkeit. Obwohl Schracke immer so tut, als hätte sie nichts gegen Schwule und Lesben. In Wahrheit sind wir meilenweit von ihrem ostfarbenen Leben entfernt. So abstoßend und zugleich verlockend, dass ihr Unterleib wohl vor lauter eingeschlossener sexueller Energie platzen würde, wenn eine Frau sie anbaggern würde. Ihr Mann war damals arbeitslos, ein grauhaariger Fettsack mit Basecap und Kassenbrille. Der Menschentyp, wie man ihn früher in den Nachrichten der *Aktuellen Kamera* am liebsten zeigte.

„Eigentlich tut sie mir Leid", sagte ich einmal zu Christiane, als das Ehepaar Schracke vor uns zum Auto ging.

„Pf", machte Christiane. „Die tut sich nicht mal selber Leid. Dafür müsste sie eine Selbstreflektionsfläche haben, die größer ist als eine Streichholzschachtel."

Kein Erbarmen also unter den Frauen. Ich kam mit Röschen aus. Soweit. Sie gehört zu den Menschen, die einem nicht viel nutzen in ihrer Position – aber schaden können sie im Ernstfall.

Aber seit Christiane auf dem Stuhl in diesem Büro sitzt, sich nach der alten Zeit als freie Journalistin sehnt und diese Stelle dennoch niemals kampflos aufgeben würde, fragen wir nicht mehr nach den Grinsnoten.

Vielleicht hatte sie bemerkt, dass weiter oben die Luft dünner ist, dass man sich nicht sicherer fühlt. Im Gegenteil, die Kollegen werden zu Untergebenen und als Untergebene wandeln sich viele schnell zu Feinden. Ein Feind, der einem nie offen entgegentritt, sondern im Hinterhalt sitzt, aus der Deckung schießt und manchmal sogar trifft.

Die Welt wimmelt plötzlich von potenziellen Konkurrenten, von Anwärtern, von Stuhlsägern. Die Männer der Redaktion mobben Röschen auf dem Chefredakteursstuhl. Nicht offen, aber sie weiden sich an ihrem Unvermögen, das ab und an zutage tritt. Heterosexuell und feige lassen sie diese Frau zuweilen ins Messer laufen. Christiane mobben sie seltsamerweise nicht, das scheint ihnen zu gefährlich. Was die Frauen angeht, so ist es ruhig. Sie haben sich immer lieber an Röschen gehalten.

Ich setzte mich hin, blätterte in einem Pressespiegel von gestern und versuchte immer noch, ganz ruhig zu wirken.

Christiane sah wieder von ihrem Bildschirm hoch.

„Bist ja gleich dran."

Sie strich die nächste Zeile an und gab dann wieder einen Befehl in die Tastatur. Sie ist genau, sie will sich keine Fehler nachweisen lassen, sie sichert sich ab gegen alles und jeden, recherchiert einem zur Not hinterher. Sie will Sicherheit. Und sie will Ordnung.

„So", sagte sie. Ihr Stuhl kippte leicht nach hinten. Sie saß plötzlich da wie die Kommandeurin eines Fernsehraumschiffs.

Ich nahm Haltung an. In ihrem Büro ist sie mir nie so vertraut.

„Also wann seht ihr euch?"

„Nachher."

„Aha."

„Um drei."

Christiane drehte den Sessel leicht hin und her, sah wie nebenbei auf die Uhr über dem Aktenschrank. Ich bemerkte diesen Blick. Sie wartete auf etwas.

„Deine Arbeit hast du bis dahin aber fertig."

Das war eine Ausflucht, ein Lauern. Dass ich meine Sachen immer erledige, wusste sie.

„Ja, habe ich."

Sie lächelte, hörte auf, mit dem Stuhl zu spielen.

„Was denkst du?" fragte ich.

Jetzt grinste sie. Immer noch lauernd. Vielleicht erwartete sie ein Geständnis.

„Was ich denke? Nichts denke ich. Ich hab so das Gefühl, dass ihr zwei ganz gut zueinander passen könntet, nichts weiter. Ich hab sonst nichts gedacht." Sie machte eine Pause, stützte sich mit den Ellbogen auf den Tisch. „Und du? Was denkst du?"

Ich zuckte mit den Schultern. Was sollte ich denken?

„Er sieht gut aus. Verdammt gut."

Sie nickte etwas zögerlich.

„Fast schon zu gut", setzte ich hinzu.

Christiane schnellte hoch, der Sessel quietschte erschrocken.

„Dass ihr Männer mal vielleicht in anderen Kategorien denken könntet? Es geht nicht immer um schöner, höher, weiter. Wenn das so wäre, dann hätte mich Lillian schon lange abgeschoben. Zu fett, zu hässlich und zu neurotisch. Eindeutig. Aber darum geht's nicht."

Ich zuckte mit den Schultern und nickte.

„Probier's. Ich weiß nur, dass du ihm gefällst. Mehr weiß ich nicht. Den Rest müsst ihr selber erledigen." Sie warf den Textmarker auf den Tisch. „Aber hör auf mit dieser pubertären Kacke. Seit wir uns kennen, krampfst du rum. Mal willst du eine Beziehung, und dann willste wieder keine. Probier's. Nein sagen kannst du dann immer noch. Aber, nebenbei bemerkt, nein gesagt hast du für meinen Geschmack relativ oft. Wenn man's genau nimmt, hast du nicht mal richtig nein gesagt, du hast nur gekniffen."

Sie sah mich durchdringend an. Eine Staatsanwältin, die alle überzeugt hat mit ihrem Plädoyer, die Geschworenen, den Richter, das Publikum, und sogar den Angeklagten – betört und eingewickelt. Den Verteidiger hat sie abgeschossen. Kraft ihrer Argumente, ihres Auftretens – bestimmt, aber nicht zu aggressiv.

„Ja", antwortete ich geflissentlich. Ich wagte keine Widerrede.

Sie holte Luft.

„Und jetzt raus."

„Wie?"

„Ja, raus. Ich habe noch was anderes zu tun. Kneif die Backen zusammen, geh hin und sei einfach, wie du bist. Ist nämlich gar nicht so schlecht, wenn du einfach du bist. Finde ich jedenfalls. Und jetzt ist Schluss. Mehr Komplimente kriegste in diesem Quartal nicht mehr von mir. Soll erfüllt."

„Ja", sagte ich noch einmal.

„Und jetzt ab! Schuh-schuh!" Sie jagte mich mit einer Handbewegung aus dem Zimmer wie einen Gänseschwarm.

„Muss gleich wieder weg", sagte er, drückte mir im Vorbeigehen einen Kuss auf den Mund.

„Ich hab dir die Post auf den Schreibtisch gelegt", sagte ich.

„Danke", rief er und verschwand in seinem Zimmer. Ich dachte mir, dass er vielleicht vorher noch duschen würde.

Stutzig hätte ihn das mit der Post doch machen können. Hat er nicht an den gelben Zettel gedacht? Dass dieser Zettel unter seiner Tastatur liegt?

Nach fünf Minuten, in denen ich auf der Couch im Wohnzimmer so tat, als läse ich ein Buch, ging die Tür auf, er gab mir noch einen Kuss und sagte: „Dauert nicht lang.“ Er lächelte entschuldigend. „Hoff ich wenigstens.“

Und ich versuchte auch zu lächeln.

„Alles klar mit dir?“

„Ja, alles klar“, log ich. Meine Stimme war belegt.

„Echt?“ Er musterte mich kritisch.

„Ja, echt. Bin bloß ein bisschen kaputt heute.“

Was hätte ich tun sollen? Ihn nach einem gelben Zettel fragen? Sagen, dass ich an seinem Schreibtisch war und gewühlt hatte? Gewühlt. Keine Schublade habe ich geöffnet. Aber diese kleine Bewegung, diese paar Zentimeter, die ich den Zettel unter der Tastatur hervorgezogen habe, schienen mir zuviel, um ihn danach zu fragen.

Er nahm seine Umhängetasche mit den ganzen Objektiven, den Filmen, eines seiner Notizhefte, in denen er fein säuberlich seine Termine mit Datum vermerkt. Eine Finte?

Die Tür schnappte zu, und in meinem Kopf spulen sich Szenen ab, die sich nie zugetragen haben. Mein Kopf spielt Detektiv, schnüffelt in den letzten Monaten herum, ob sich Anzeichen finden, Indizien, Anhaltspunkte. Hintergeht er mich? Vielleicht hat er nicht nur ein paar einzelne Ficks gehabt, sondern hintergeht mich wirklich? Und das schon seit Wochen? Hat er womöglich systematisch im Netz gesucht, eine Anzeige geschaltet, sich neue Namen zugelegt, neue Profile und neue Vorlieben? Phantasien, in denen ich keine Rolle spiele und noch nie gespielt habe?

Aber das ist Quatsch.

Was soll das jetzt? Das ist etwas anderes, ich weiß es, solche Dinge gehören zu einer Beziehung, obwohl sie nichts damit zu tun haben. Es ist Sport. Fremdficken. Ab und zu.

Ich wollte nie diese Art von monogamer Beziehung, in der sich beide vormachen, es gäbe wirklich keine anderen Wünsche mehr. Und doch betrügen sie sich, und beide wissen das, obwohl sie es nie zugeben würden. Und alle wissen, dass sie fremdgehen, doch alle schweigen dazu und spielen das Spiel mit.

Die andere Seite, die Beziehungen mit Freifahrschein, wollte ich auch nie. Ich weiß nicht, wie diese Männer das hinbekommen. Nicht verletzt zu sein, wenn einer weggeht, um es mit anderen zu treiben. Keine Angst zu haben, ihn zu verlieren. Sich vielleicht noch anzuhören, was er mit wem getan hat letzte Nacht.

Vielleicht bin ich noch nicht soweit. Ich kann meine Ansprüche nicht so zurückschrauben, oder aber ich bin nicht reif genug, nicht selbstbewusst genug, es einfach wegzustecken.

Was jetzt? Ich stehe seit nicht ganz einer Stunde vor der Entscheidung. Ich kann schweigen für eine Weile, aber auf Dauer werde ich es nicht verschweigen können. Bis dahin würde ich nach Zeichen seiner Untreue suchen, Liebesbeweise vermissen oder Liebesbeweise übersehen.

Wenn es etwas Wichtiges wäre, dann hätte ich es doch bemerkt. Ich hätte es bemerken müssen. Oder nicht?

Ich mag alte Häuser. In einem Neubau könnte ich nie wohnen. Die niedrigen Decken, der kalt berechnete Raum mit großen, kalt berechneten Fenstern, zum Hinein-, nicht zum Hinaussehen. Immer wollte ich im Altbau wohnen. Hohe Decken haben, vielleicht eine Flügeltür zwischen zwei Zimmern, Stuck, Doppelfenster, ein Treppenhaus, in dem es nach Bohnerwachs riecht.

Ich stand vor diesem alten Haus, das schöner war als das, in dem ich wohnte, und sah es mir an, stand ehrfürchtig davor, rätselte kurz, welche denn seine Fenster sein könnten. Fenster sagen viel. Die Art der Gardinen, zugehängt oder frei, dicht oder durchsichtig. Dann sah ich auf meine Uhr. Ich war fünf Minuten zu spät, aber das war ich mit Absicht. Es ist nicht immer gut, fünf Minuten zu früh zu sein.

Stattdessen sind diese fünf Minuten später ein guter Fluchtweg. Sie sind zu wenig, um unpünktlich zu erscheinen, und sie sind zuviel, um ungeduldig zu wirken. Ich war aufgeregt. Ich war aufgeregt, weil ich seit fünfzehn Minuten durch diese Straße gelaufen war, ich hatte zwei Häuserblocks umrundet, mir Auslagen angesehen, geraucht, getrödelt, aber die Zeit verging nicht. Diese Aufgeregtheit, der trockene Mund, die feuchten Hände und diese Gedanken, die ständig zwischen Kitsch und Zynismus schwankten, in denen er mich anlächelte und in denen ich allein in meiner Wohnung saß.

Nun stand ich vor diesem schönen, großen Gründerzeithaus, das frisch saniert war, das edel aussah, aber nicht zu affektiert vermeintliche Quadratmeterpreise zur Schau stellte. Und es beeindruckte mich, denn es war kein Provisorium, kein Durchgangshaus, in dem man wohnt, weil man sich nichts Besseres leisten kann oder weil man diese Art von Leben mag, weil sie jung wirkt und unverbindlich.

„Innerhalb von drei Tagen kann ich meine Zelte abbrechen", sagte ich und war stolz darauf. Auf dieses Nomadisieren, darauf, sich nicht festlegen zu müssen und es auch nicht zu wollen.

Ich klingelte. Nach ein paar Sekunden knackte es im Lautsprecher. „Hallo. Hinterhaus rechts, dritter Stock."

Keine Frage, kein Zweifel, er wusste, dass ich es war. Ich hatte mir die fünf Minuten genommen, doch er vollführte keine Drehung, tat nicht so, als könnten da noch andere an seiner Tür stehen.

„Ja, danke", sagte ich. Der Türöffner brummte, und ich ging hinein.

Es roch frisch gestrichen, an den Wänden räkelten sich Putten elegant in üppige Stuckgirlanden. Ein Stiller Portier, lackiert aber leer, erinnerte an ordentlichere Zeiten, die Tür zum Hinterhof im gleichen Hellbraun quietschte nicht einmal.

Eine kleine Rabatte mit Immergrün, rechts die Tür, oben die Fenster, große, helle Fenster im dritten Stock, ohne Stores. Treppen, gebohnert, Treppengeländer ohne Staub, Wände beige und noch ohne dunkle Striemen und abgeschlagene Ecken, weiße Lampenkugeln ohne die Schatten toter Insekten.

Ich sah auf Messingtürschilder, schlicht und edel. Keine Holzsägearbeiten, keine Pappschilder mit witzigen Bildern, gemalt von einer Waldorfschul-Tochter an einem Waldorfschul-Nachmittag, keine Fußabtreter, die einen mit „Willkommen!" oder „Haxen abkratzen!" anbrüllten.

Im dritten Stock zwei Türen, die linke stand offen. Ich zögerte auf der Schwelle, wollte sacht klopfen. Es roch nach Kaffee.

„Komm ruhig rein", rief er aus der Wohnung, ohne Zweifel, ohne nachzusehen, ob ich auch wirklich ich war. Im langen, hellen Flur, auf hellen, abgezogenen Dielen kam er mir entgegen. Ein T-Shirt mit einem Hemd darüber, Jeans, mit einem Lächeln, mit kräftig behaarten Unterarmen, einem leicht unrasierten Kinn, ziemlich weißen Zähnen und großen Augen.

„Hallo", sagte er, fast flüsterte er es. Ich zog meine Jacke aus und hängte sie an die Garderobe. Mein Mund, immer noch trocken, sagte: „Hallo, sorry, ich bin etwas spät dran."

Jetzt war er ganz nah, ich roch ihn, er musste gerade geduscht haben. Ich hatte mich natürlich auch geduscht.

Wir wollten uns die Hand geben, ich wollte es, aber wir gaben uns nicht die Hand, seine Augen waren plötzlich ganz nah und dieses Gummiband, das sich schon bei der Party zwischen unseren Köpfen gedehnt hatte, schnappte zurück. Wir küssten uns. Er küsste mich oder ich ihn. Gierig. Atmend. Heißhungrig.

Ich dachte: „Nein, das ist falsch, so fängt man das nicht an!"

Aber ich küsste, es war zu spät. Er hielt mich fest, und er roch so gut.

Wie lange wir so dastanden, weiß ich nicht mehr. Ich genoss diesen Kuss, obwohl ich dabei dachte, dass es nicht dauern kann. Wenn es überhaupt je beginnen könnte. So nicht. „Wenn wir im Bett landen, dann hat sich das", dachte ich. Ich dachte, dass dieser Kaffee nur der Leim auf seinem Fliegenstreifen war, an dem ich gerade, leidlich zappelnd, festgeklebt war. Aber er konnte küssen. Es war berauschend. Mit geschlossenen Augen, mit offenen Lippen, neugieriger Zunge, nicht verklemmt. Ich begann über diesen Kuss nachzudenken, während wir uns küssten. Aber ich kam zu keinem Schluss.

Wie auf Kommando hörten wir auf, kurz bevor meine Gedanken diesen Kuss vollständig seziert und entzaubert hatten.

Er sah mich an, lächelte, so eindringlich und deutlich, dass ich erschrak.

„Alles klar?"

Ich nickte und versuchte ebenso zu lächeln, so selbstbewusst und klar.

„Komm." Er legte seinen Arm um meine Schultern und führte mich durch die Wohnung, zeigte mir das karge Wohnzimmer, nur eine Couch und ein Fernseher mit Videorecorder, eine Anlage und kleine Boxen auf dem Boden, ein Stapel Zeitschriften, die beiden großen Fenster, die langen Nesselvorhänge waren beiseite gezogen. Dann das Arbeitszimmer, Bücher, ein alter wuchtiger Schreibtisch.

„Ich sag immer, das ist ein Erbstück, hab das Teil aber vorm Sperrmüll gerettet." Er lächelte etwas stolz und gleichzeitig so, als wollte er sich entschuldigen für eine Marotte. Ich nickte.

Das Schlafzimmer, ebenso schlicht, ohne Schmuck, nur mit einem zweitürigen Schrank, kein Erbstück, mehr IKEA, zweckmäßig.

Das Bett schien mir riesig, dunkelblaue Bettbezüge, zwei Decken, zwei Kissen.

„Du hast einen Freund, oder wie?" Ich wollte das neutral sagen, doch es schoss aus mir heraus wie ein Urteil.

Er sah mich an, stutzte, schaute zum Bett und schüttelte den Kopf.

„Nein. Seit Phil habe ich nichts Festes mehr gehabt."

„Phil?"

Er nickte. „Das ist vier Jahre her. Oder fast schon fünf. Er hat meistens bei mir geschlafen, weil er nur eine kleine Bude in Friedrichshain hatte. Und seitdem beziehe ich immer zwei Bettdecken. Hab mir das nicht abgewöhnen können."

Wieder ein Lächeln, unentschlossen im Türrahmen.

„So", sagte er und schob mich in die Küche. Alles schien mir so groß. Die Decken waren höher als in meiner Wohnung, die Zimmer geräumiger, die Fenster heller und die Wege länger. Die Küche langgestreckt, mit Hängeschränken und Regalen, einem runden Tisch mit vier Stühlen, gedeckt mit dunkelblauem Kaffeegeschirr, einer gelben Tischdecke. Alles war aufgeräumt, alles war ordentlich, alles schien vorbereitet. Vielleicht sollten sich Mütter die Küchen ihrer schwulen Söhne ansehen, vielleicht tun das viele, es wird sie beeindrucken, schmerzen und sie neidisch machen. Und sie werden routiniert mütterlich nach Makeln suchen, die nur Mütter beheben können. Den Vätern sind Küchen sowieso egal.

Er nahm die Kaffeekanne aus der Maschine und schenkte ein.

„Setz dich doch."

Nichts deutete auf Provisorien hin. Es war keine dieser Durchgangswohnungen, mit ihren nachlässig gezimmerten Küchenregalen mit tausenderlei Geschirr, den staubigen Billig-Jalousien an den undichten Fenstern, leidlich gestrichenen Dielen, einem Hochbett oder einer großen Matratze auf dem Boden. Nicht zu vergessen dieser leichte Geruch von ungewaschener Wäsche. Wie oft war ich in einer solchen Wohnung aufgewacht, wie lange hatte ich selber so eine gehabt. Die Küchenhängeschränke geschenkt, die Türen, beklebt mit Schachbrettfolie, hingen schief in den Scharnieren, der Kühlschrank alt und vollgepappt mit Aufklebern, die seinerzeit als witzig galten. Ich hing Poster auf, aber es waren nicht die Plakate, die mir gefielen, es waren welche, die zeigen sollten, wer ich bin oder wer ich gerne wäre. Nichts war fertig, nie konnte etwas fertig werden, alles blieb angefangen liegen und wartete auf Vollendung.

Aber diese Buden sind nicht für die Vollendung, sie sind nur dazu da, sie irgendwann hinter sich zu lassen.

„Milch? Zucker?"

„Nein, schwarz."

Seine Wohnung war kein Provisorium. Sie war fertig, karg, aber geschmackvoll möbliert, renoviert, und so schön, dass sie zu schade wäre, um sie einfach für eine andere zu verlassen. Diese Wohnung sah aus, als sei jemand angekommen.

„Schön hast du es hier. Gefällt mir."

„Ja", sagte er mit einem stolzen Lächeln, „hat auch gedauert, bis ich die bekommen habe. Bin immer noch ganz happy."

Es klang, als redete er über einen Liebhaber.

„Ich habe nur zwei Zimmer. Aber ich mag die auch gern. Und die Lage ist auch ganz gut. Aber ein Balkon fehlt mir doch", sagte ich.

Was redet man in einer solchen Situation nur? Könnte es nicht einfacher sein? Immer diese Ablenkungsmanöver, dieses Anschleichen, dem kein Angriff folgt. Ich dachte, dass ich gern mit ihm ins Bett gehen würde, aber ich wollte es nicht. Nicht beim ersten Mal. Ich weiß nicht, warum ich das dachte, welchem Kodex ich damit gerecht werden wollte. Vielleicht war es diese Angst, sofort alles Pulver zu verschießen. Das erste Mal ist immer heikel.

Ist es zu umwerfend und zu schön, ist keine Steigerung mehr möglich. Benehmen sich beide ungelenk und verklemmt, dreht einer sich weg und geht. Am besten ist noch, wenn es einfach funktioniert, wenn sich Unsicherheit und Hunger treffen, sich vermischen und zeigen.

Er hatte sich hingesetzt und seinen rechten Fuß auf die Stuhlkante gestellt, hielt sein Knie mit den Händen fest und stützte sein Kinn darauf. Und er sah mich an, etwas forschend, als wüsste er genau, was er wollte.

„Aber du wohnst hier ja gut. Ich mein die Gegend." Zur Bekräftigung schaute ich mich in seiner kühlen, aufgeräumten Küche um, als repräsentierte sie das Stadtviertel, als seien in der weißgetünchten Raufasertapete die Quadratmeterpreise eingewirkt.

Für einen Moment war es still.

Ich begann mich unwohl zu fühlen. Deplatziert. Ich wusste plötzlich nicht mehr, was ich reden sollte, vor allem, worüber.

Die Wohnung war abgehakt, über die Arbeit wollte ich nicht sprechen, was blieb also? Politik? Kultur? Ich nahm einen Schluck Kaffee. Ich hätte sagen können, dass er gut schmeckt, und mich nach der Marke erkundigen. Stattdessen versuchte ich ein Lächeln.

„Hast du einen Freund?" Er stellte diese Frage nicht listig oder vorwurfsvoll, es schien kein doppelter Boden eingebaut.

Also antwortete ich: „Nein, hab ich nicht."

Vielleicht war das der Augenblick, sich das Wesentliche vorzunehmen.

„Ich habe das noch nie sehr lange geschafft. Vielleicht kann ich das nicht oder ich warte noch auf den Richtigen." Ich grinste etwas geringschätzig, als ich hinzusetzte: „Mit fast vierzig, da werden die Richtigen selten."

Er zuckte mit den Schultern.

„Wer weiß. Vielleicht bist du ein Spätentwickler oder so."

Weil es nicht verletzend oder herabsetzend klang, nickte ich.

„Ja, das kann schon sein. Und du?"

„Mit Phil eben. Und Sören war da noch. Hat beides immerhin fast drei Jahre gedauert."

„Immerhin."

„Ja, immerhin."

Ich fühlte einen Kloß im Hals, bemerkte, dass meine Hände feucht waren und mein rechtes Knie aufgeregt zuckte.

Er sah mich an, musterte mich, und es war mir nicht peinlich, es war normal, sein Blick war offen, traf mich ohne Umweg und scheinbar ohne Hintergedanken.

„Was ist?" fragte er mich.

„Was soll sein? Ich bin aufgeregt und weiß gar nicht, warum."

„Ich auch."

Ich sah ihn verwundert an: „Du bist aufgeregt?"

„Ja", erwiderte er.

Er stand auf, ging um den Tisch herum und nahm meine Hand. Ich erhob mich. Es wirkte wie ein vergessenes Hofzeremoniell. Er hielt meine Hand weiter. Er zog mich nicht, er nahm mich einfach mit.

Nicht ins Schlafzimmer. Wir setzten uns im Wohnzimmer auf die Couch. Und dann nahm er mich einfach in den Arm, so dass mein Kopf an seiner Brust lehnte. Und wir blieben so sitzen.

Genau so.

Vielleicht redeten wir über Verletzungen und Enttäuschungen, über Vergangenes, vielleicht auch über das, was kommen würde. Über Unsicherheiten und über Wut. Über das Gefühl, dass man geliebt werden will, aber nicht weiß, wie man jemanden lieben kann. Und dennoch, trotz dieses Mankos, bleibt der Wunsch. Unlogisch und hartnäckig. Wir sprachen über uns. Er erzählte von Phil, von Streitigkeiten und anderen Männern. Ich sagte etwas über Männer an sich, über Versuche ohne Anfang und ohne Ende, unentschlossen und feige.

Wir redeten vielleicht eine Menge an diesem Nachmittag. Ein Schnelldurchlauf in Sachen Kennenlernen, ein Datenaustausch, ein Update, um auf Augenhöhe zu gelangen.

Vielleicht aber, und das ist wahrscheinlicher, schwiegen wir die ganze Zeit und hielten uns nur fest.

Vielleicht gab es am Ende nur diesen Satz von ihm: „Ich würde dich gern wiedersehen." Fast geflüstert.

„Ja", sagte ich. Ganz bestimmt sagte ich das. Es muss so gewesen sein. Ungefähr. „Ja, ich dich auch."

„Kommt rein", sagte Christiane und hielt uns die Tür auf. Ich bemerkte, wie sie uns heimlich musterte. Nicht wie wir angezogen waren, sondern unsere Gesichter begutachtete sie. Forschend, mit einem kleinen Staunen zwischen den Augenbrauen. Sie lächelte schelmisch, brannte vor Neugierde, konnte sich kaum halten.

Das konnte ich sehen, fühlen, fast anfassen konnte ich ihre Anspannung. Sie schob uns in die Diele, nahm achtlos den Blumenstrauß, den ich ihr hinhielt, flötete beflissen: „Ah schön." Aber sie würdigte ihn keines Blickes.

Ich hatte nicht viel erzählt in den letzten vier Wochen. Wir hatten gearbeitet, ich bekam Termine, lieferte pünktlich. Sie verbesserte zuweilen, kritisierte, auf den Konferenzen warfen wir uns Bälle zu, waren wie immer ein Team, doch wir saßen nicht beisammen, redeten nicht über uns.

Das lag an mir.

Ich wollte nichts erzählen. Nicht schon wieder. Ich dachte vielleicht, dass, sobald ich meine Gefühle in Worte fasste, sie sich in Luft auflösen könnten. Dieser Rest an Aberglauben war mir geblieben.

„Freu dich nicht zu früh", sagte eine Stimme in meinem Kopf. Ich wollte Christiane erst alles erzählen, wenn ich sicher sein würde.

Sie spürte das, sie drängte mich nicht, stellte keine Fragen. Vielleicht wusste sie mehr, als ich dachte, möglicherweise sah sie mir alles an. Das ist sogar wahrscheinlich.

Christiane sah mir an, dass ich an jemanden dachte, nicht nur an mich. In meiner Vorstellung war diese neue Welt eine Scheibe, die nur auf einer Nadelspitze balanciert. Ich in der Mitte, das Gleichgewicht haltend. Aber jemand ist dazugekommen, die Scheibe schwankt, kippt womöglich. Zu verhindern war das nur, indem wir beide uns in dieser nadeldünnen Mitte trafen und zusammenblieben. Dann könnte es klappen. Ich spürte, wie beschränkt ich war, wie die Bahnen, in denen mein Leben bis dahin verlaufen war, immer enger geworden waren, immer kleinere Kreise beschrieben hatten.

Wir waren zusammen im Kino, wir gingen essen, wir schliefen beim dritten Mal zusammen. Verhalten und neugierig. Am nächsten Morgen frühstückten wir. Seine Selbstverständlichkeit ängstigte mich. Seine Sicherheit, sein Körper, sein schöner Körper mit all den Muskeln, der doch so weich war, so warm. Er nahm mich einfach in den Arm und hielt mich fest. Ohne Zögern.

Und ich zuckte nicht zurück, entzog mich nicht verlegen, sondern verschwand in diesen Umarmungen.

Er war in meiner Wohnung und sah sich dort um. Aber wir waren öfter bei ihm. Manchmal ging ich gleich nach der Arbeit hin. Wir schickten uns SMS. Kleine Nachrichten ohne Nachrichtenwert.

Sie sagten nichts, abgesehen davon, dass wir aneinander dachten. Einfach so. Ohne Grund. Er hatte damit angefangen. Er machte sich nichts daraus, er schämte sich nicht dafür. Dann spürte ich, wie ich mutiger wurde. Und plötzlich war ich's auch.

„Kommt", sagte Christiane. Sie nahm ihn an die Hand: „Hier geht's rein."

Im Esszimmer war der Tisch gedeckt, weißes Porzellan, schlichte, dickwandige Weingläser, die Kerzen brannten im schmiedeeisernen Lüster. Die langen Gardinen waren zugezogen. Es roch etwas süßlich nach Vanille und Moschus, sicherlich hatte Lillian eines ihrer Duftstäbchen entfacht.

„Hallo ihr!" Lillian kam uns entgegen. Sie trug diesmal einfach Jeans und T-Shirt, keine bestickte Bluse, kein Poncho, nicht mal einen Sari. Sie besitzt einen. Lillian fliegt, oder will fliegen, und Christiane holt sie von diesen Flügen zurück. Oder hält sie fest, am Boden, in der Realität. Und doch habe ich Lillian nie verschwommen erlebt, sie immer im Hier und Jetzt empfunden, auch wenn Christiane zuweilen Andeutungen machte, sich leicht abfällig über Weihrauch und Rosenquarze äußerte. Trotzdem sah ich Lillian nie so abgehoben. Sie wirkt eigentlich pragmatischer als Christiane. Sie schweigt meistens, aber wenn sie etwas sagt, dann trifft sie ins Schwarze, während bei Christiane sich die Präzision oft erst nach etlichen Sätzen und Gedankenausflügen einstellt.

„Freut mich, dass wir uns wieder mal sehen", sagte sie in meine Richtung, sah aber ihn an, nickte, gab ihm die Hand: „Ich bin Lillian."

Sie führte uns zum Tisch und zeigte, wie wir sitzen sollten, die Frauen auf der einen, wir Männer auf der anderen Seite. Christiane holte den Wein und schenkte ein.

„Na, ihr zwei seht ja gut aus", bemerkte sie halb vorwurfsvoll.

Er lächelte und nickte. Ich nickte und lächelte auch. „Ja."

„Ich dachte schon, ihr habt euch ein Schweigegelübde auferlegt. Glaubst du, er hat mir was erzählt? Nichts", sagte sie zu ihm und zeigte mit dem Daumen auf mich.

„Man muss ja immer erst mal gucken", erwiderte ich in gespielter Zickigkeit.

„Geguckt habt ihr ja nun, hä?" Christiane grinste.

„Ja. Wir haben geguckt", antwortete er und drehte sich zu mir, sah mich an. Er strahlte.

„Prost", sagte Lillian und hielt uns ihr Glas entgegen.

Dann redeten wir. Nicht mehr über uns zwei. Über Arbeit, über Politik. Christiane liebt es, über Politik zu reden.

Während Lillian das Essen auftrug, diskutierten wir also über Politik, vielmehr über ihre Abwesenheit.

„Politik mache ich nicht mehr", sagte er. „Ich mache pure Unterhaltung. Keine Lust mehr auf die Masken. Ich mache Bilder, und ich will damit nichts mehr beweisen. Jedenfalls glaube ich nicht mehr daran, dass ein Bild auf der Titelseite die Welt verändert. Das müssen die Leute doch mitkriegen, denkt man, aber die Leute kriegen nichts mit. Du kannst höchstens jemanden damit persönlich treffen, indem du ihn ganz übel bloßstellst. Aber die meisten Herren und Damen haben ein dickes Fell inzwischen." Er lachte kurz auf. „Ich glaub, wenn man denen eine Nadel in den Körper sticht, kommt nicht mal mehr Blut."

„Ersatzflüssigkeit, wie bei den Slipeinlagenspots", warf ich ein und nahm einen Schluck Wein.

Christiane schüttelte den Kopf. „Aber die Verhältnisse, die politischen, kommentieren sich doch selbst. Die Leute merken schon, dass sie verarscht werden."

„Meinst du, die merken das wirklich? Das Gefühl habe ich nicht. Das reicht doch nicht mal für einen Tag. Und wenn's mal eine richtige Kampagne ist, die sich über eine Woche zieht – nächste Woche kommt eine andere."

„Ja, nicht gleich oder sofort, eine Revolution wird's nicht. Aber seit zwanzig Jahren redet die politische Klasse über Steuerreform, Gesundheitsreform, Rentenreform." Christiane zählte mit den Fingern mit. „Und was passiert? Nichts passiert. Die Lobbyisten streichen ein, und der Plebs guckt zu. Und wenn du arbeitslos bist, bist du eh abgeschrieben", stellte Christiane fest. „Aber irgendwann knallt es."

„Nun gut, mal sehen, wann es knallt. Ich sehe nur, dass sich alle verkriechen in irgendeine Nische. Die meisten haben doch resigniert. Die wollen zwar Reformen, Steuern, Gesundheitswesen – blablabla –, aber weh tun darf das nicht. Also macht man so weiter." Seine Stimme klang nicht zynisch. „Uns geht's noch zu gut, das ist es."

„Warte ab, wenn unsere Generation in Rente gehen will und keine Rente mehr da ist. Wir sind ja nicht die doofen Rentner von gestern."

„Mal sehen", sagte er zweifelnd.

„Ja, sehen wir mal", entgegnete Christiane, weil sie in Fahrt war.

Sie diskutierten, Lillian und ich hörten zu. Wir sahen uns hin und wieder in die Augen und lächelten. Unter dem Tisch lag seine Hand auf meinem Knie und meine Hand auf seiner Hand.

„Gut, die politische Klasse wird dafür bezahlt, dass sie ihren Job macht. Das macht sie im Moment nicht. Sie verarscht. So. Und wen juckt das? Uns juckt das, und noch ein paar andere juckt das – der Rest guckt sich Nachmittags-Talk an", sagte er ruhig.

Christiane wurde heftiger: „Du verarschst doch auch mit deinen Bildern. Da sind wir wieder bei den Nischen."

„Ich lüge nicht, Christiane, ich zeige bloß. Das ist doch ein bisschen was anderes."

„Dann stell mal ein paar tote Bäume in die Musikantenstadel-Deko."

„Nichts gegen den Musikantenstadel. Da haben die Leute auch ein Recht drauf. Andere gucken MTV. Ist auch nicht besser." Seine Hand streichelte mich dabei.

„Gut, da sind wir dann wieder bei deinen Nischen, mein Freund. Und da beißt sich die Katze in den Schwanz."

Es war für einen Augenblick still.

„Ja", sagte Lillian halblaut, „und was machen wir nun mit diesen Erkenntnissen?"

Christiane sah sie entgeistert an und zuckte mit den Schultern.

„Was machen?" echote er fragend.

„Terrorist werden ist auch doof", sagte ich.

„Und bei der *taz* verdienste nicht genug Geld", warf Christiane ein. „Aber wir sind ja nicht zwangsweise links, bloß weil wir homosexuell sind und auf hohem Niveau meckern."

„Vielleicht muss das so sein", sagte Lillian.

„Wie?" fragte er.

„Ich denke, die Menschen sind so. Politik", sie machte eine Pause und richtete sich auf, „Politik ist so was wie Hygiene."

„Hygiene?" wiederholte Christiane.

„Ja. Sozialhygiene. Ihr könnt hier sitzen und euch darüber aufregen. Dazu ist Politik ja da. Und gleichzeitig können wir alle irgendwann sagen, falls es ganz schlimm kommt, dass wir nichts gewusst haben. Politiker sind gutbezahlte Sündenböcke. Du kannst dich über sie aufregen, und im schlimmsten Fall kannst du sagen, das haben die verbrochen, ich wusste nichts davon. So hat das Dritte

Reich auch funktioniert. Die Bösen waren die da oben, die da unten fühlten sich reingewaschen danach."

Wir sahen uns erstaunt an.

„Ich glaube, die Menschen ertragen gar nichts anderes." Lillian stand auf und streichelte im Vorbeigehen Christiane über die Schulter. „Also, ich hol noch einen Wein."

„Warum machst du keine Politik-Berichterstattung?" fragte er mich plötzlich.

„Weil ich mein Geld mit Kultur verdiene. Deswegen. Und weil es die Domäne der alten Hetero-Männer ist."

„Stimmt. Das ist auch eine Einstellung", sagte Christiane.

Lillian kam zurück, stellte den Wein hin und gab mir den Korkenzieher. Dann ging sie zum Schrank und holte etwas aus einem Fach.

„Oh, oh", sagte Christiane.

„Was?"

„Mir schwant etwas. Ich glaube, meine kleine Hexe hat was vor mit euch."

Ich öffnete den Wein, halb stehend, die Flasche zwischen den Knien.

Christiane sagte drohend: „Du hast doch was vor, oder?"

Lillian setzte sich wieder. „Kann sein", sagte sie und legte einen Stapel Karten auf den Tisch. „Plopp" machte der Korken. Ich schenkte ein und sagte wissend: „Oha."

Lillian hielt ihm die Karten hin.

„Hier. Mischen."

Er gehorchte. Christiane verdrehte die Augen.

„Hast du dir schon mal die Karten legen lassen?" fragte ihn Christiane.

„Pscht!" machte Lillian. Und Christiane verstummte.

Er schüttelte nur kurz den Kopf und gab Lillian beflissen den gemischten Stapel zurück, sie fächerte die Karten vor ihm auf.

„Ziehe zehn." Lillian war kühl und konzentriert. „Mit links und verdeckt."

Seine rechte Hand zuckte zurück.

„Wieso mit links?"

„Links sitzen die Emotionen, rechts ist mehr von der Ratio bestimmt."

„Aha."

Sie nahm ihr Tarot ernst und ließ sich auch von Christiane nicht beirren.

Er zog. Wir sahen still zu.

„Aber du behext mich jetzt nicht?" fragte er belustigt, während er eine Karte nach der anderen zog und vor sich hinlegte.

„Nein. Die Karten zeigen nur, was du sehen willst. Du legst deine Situation hin, und daraus ergibt sich dann etwas. Aber das musst du selber sehen. Die Karten sagen nichts, wenn du nichts hören willst."

„Na dann, schauen wir mal."

Seltsam, wie still es war. Auch Christiane und ich sahen zu, gespannt, letztlich schien es doch einen Zauber zu geben, jeder möchte etwas sehen, und sei es nur ein Schatten, der wie Zukunft aussieht.

Auch mir hatte Lillian zuweilen ein keltisches Kreuz gelegt. Ich nahm es hin. Und ich ertappte mich dabei, dass in mir eine Hoffnung war, doch ein Körnchen Wahrheit zu finden.

„Jede Karte hat ihren Platz", erklärte Lillian, während sie die Karten, die er gezogen hatte, aufdeckte. Dann flüsterte sie. Es klang wie eine Zauberformel.

„Du bist verliebt", sagte sie und schaute sich das Blatt an.

„Kunststück", sagte er und sah kurz zu mir. Unter dem Tisch hielten wir uns die Hand.

„Hier, das ‚As der Stäbe.'" Sie tippte die einzelnen Karten an. „Das bedeutet Wachstum, das ist eine Chance zum Glück. Und da liegen ‚Die Liebenden' als Haupteinfluss. Schön."

Er lächelte.

„Du hast ansonsten nur Münzen und Kelche. Ein schönes Blatt." Lillians Blick wanderte über die Karten. „Als Auskunft liegt die ‚7 der Münzen', also Wachstum und Reife, kann sogar Schwangerschaft bedeuten." Sie schaute ihn kurz belustigt an.

„Aber ihr verhütet doch", sagte Christiane.

„Ich weiß nur nicht, was der ‚Ritter der Schwerter' da soll." Sie deutete auf die Stelle, wo ein Ritter mit gezücktem Schwert und düsterem Blick auf einem galoppierenden Pferd ritt.

Sie dachte eine Weile nach, und da wir alle auch nicht wussten, was der „Ritter der Schwerter" da sollte, schwiegen wir mit ihr.

„Der liegt bei deinen Ängsten und Hoffnungen. Ist da noch jemand? Könnte ein Verflossener sein. Oder vielleicht jemand, den du noch kennen lernen wirst."

Ich sah, dass er schluckte. Ich versuchte, ihn nicht anzusehen, ich versuchte, nichts auf diese Karte zu geben, ich versuchte, Lillian nicht ernst zu nehmen.

Dann schüttelte er den Kopf.

Er sagte deutlich: „Nein."

Und unter dem Tisch drückte er ganz fest meine Hand. Fast zu fest.

Es war spät, als wir nach Hause gingen. Lillian wollte noch unbedingt die Quintessenz ausrechnen, indem sie die Augen aller Karten zusammenzählte, die Quersumme des Ergebnisses nahm und dann in ihrem abgegriffenen Tarot-Buch nachsah.

„Drei, das dürfte ‚Die Herrscherin' sein."

Dann las sie vor: „Der lebendige Weg der Veränderung und des Wachstums."

Wir sahen sie an und sagten nichts. Er bedankte sich nur, und Christiane hob die Tafel auf.

Wir gingen zu ihm. Ich schlief kaum noch eine Nacht bei mir. Nach vier Wochen. Alles war anders, alles schien neu, und ich wusste zu diesem Zeitpunkt noch nicht, was eigentlich geschehen war. Kino, zweimal Theater, eine Lesung im *Prinz Eisenherz Buchladen*. Und immer er neben mir. Beim Einkaufen, als wir einen Teppich für ihn aussuchten, als ich mir endlich einen neuen CD-Player kaufte und mir einen Wäschetrockner ansah – er war dabei. Ich begleitete ihn, als er sich einen DVD-Player und einen Flachbildschirm kaufte, stand neben ihm, als er neue Schuhe anprobierte. Und es fühlte sich nicht gekünstelt an.

„Christiane und Lillian mögen dich."

„Ja. Ich mag die auch. Christiane kannte ich ja schon. Und Lillian ist auch okay. Bis auf dieses Tarot-Zeugs."

Es war lau, wir gingen nebeneinander, und er legte seinen Arm um mich. Ich konnte das schlecht tun, er ist zu groß. Niemand drehte sich nach uns um. Berlin schien ein sicherer Ort zu sein.

„Die Diskussionen gibt's halt immer, wenn man mit Christiane zu tun hat."

„Ist doch gut", sagte er. „Ich mach das gern. Mit den meisten Leuten geht das gar nicht. Entweder die schnappen gleich ein oder können nicht mithalten. Sprachlich, mein ich."

„Ja", bestätigte ich. „Man muss sich fetzen – und danach trotzdem ein Bier zusammen trinken können."

Er drückte mich fester an sich. „Mal sehen, wann wir uns das erste Mal fetzen."

„Ja, mal sehen." Ich strahlte so, dass ich fast meinte, meine Mundwinkel könnten einreißen.

Nirgends drohte Gefahr in dieser Nacht. Wir hätten ins volle *Prinzknecht* gehen können oder in eine der Lederkneipen, nicht einmal dort hätte ich eine Bedrohung ausmachen können. Obwohl der Mann neben mir schön war, zu schön für mich, wie ich damals glaubte.

Allein war ich lange nicht mehr weg. Ich scheute die Konfrontation mit den Jungs, zehn Jahre jünger, unverschämter, als ich es je war, obwohl ich es mir sicher gewünscht hatte, als ich so alt war. Aber ich wagte es nicht. Ich hatte den Rückzug angetreten. Vor der Jugend und vor dem Alter. Und ich wusste nicht, ob ich die Jüngeren beneiden sollte, denn die Zeit zurückdrehen wollte ich nie. Denn ich sah auch diejenigen sitzen, die älter waren als ich, lebendes Inventar, gealtert in der Szene, zu Techno-Musik wippend, mühsam den Takt haltend.

Ich verachtete sie und wahrscheinlich verachtete ich damit mich.

Mit ihm wäre ich in dieser Nacht überall hingegangen. Aber wir waren zu müde.

„Was machen wir eigentlich?" Er fragte mich das.

„Wie, was wir machen?"

„Wir zwei."

„Ich weiß das auch nicht so genau. Aber es klappt ganz gut, glaub ich."

„Ja“, sagte er nach einer Pause und blieb stehen. „Dann lass uns das zusammen probieren.“

Ich nickte. Es gibt Momente, die sind ohne Berechnung. Sie sind vielleicht vollkommen, weil sie nicht verfälscht sind, weil keine Gedanken sie stören, keine Ängste, keine Vergangenheit und sicher auch keine Zukunft. In diesem Moment standen wir uns ohne Geschichte gegenüber.

„Ja, ich glaub, mit dir will ich das probieren“, sagte ich. Und weil plötzlich dieses „ich glaube“ nach offener Feuertür und Notausgang klang, setzte ich hinzu: „Ich weiß, dass ich das mit dir will.“

Er umarmte mich. Ich schmiegte mein Gesicht an seinen Hals.

„Ja, ich weiß das auch.“

Wir küssten uns, auf dem Trottoir. Niemand blieb verwundert stehen, keiner drehte sich um. Die Stadt war sicher.

Die Stadt sieht immer noch sicher aus, in diesem Licht fast provinziell. Jedenfalls die Ecke, die ich vom Fenster aus sehen kann. Wie eine größere Kleinstadt im Frühling. Im Frühling ist wahrscheinlich jede Stadt mehr oder weniger schön, ob sie nun aus graumelierten Plattenbauten oder kaltweißen Einfamilienhäusern besteht. Ein Platz für Verliebte. Wie Paris. Man besingt es in Liedern und liest es zuweilen. Berlin war für uns am Anfang auch so. Am Anfang.

So eine Stadt hat zu viele Winkel. Bevor man an die Bedrohungen denkt, sind sie schon hinter einem. Aber jetzt, an so einem milden Tag Ende April, die Bäume sind mit Grün angehaucht, an solch einem Tag ist wahrscheinlich jede Stadt schön.

Berlin ist nicht sicher, so wenig wie Paris oder London und erst recht San Fransisco. Man kann die Bedrohung vergessen oder einfach ignorieren, sie ist trotzdem da.

Verliebte sind doppelt gefährdet. Wie diese Touristen, die mit leerem Gesichtsausdruck, lächerlichen Shorts und *Hard Rock Café-Las Vegas*-T-Shirts herumlaufen, mit teuren Kameras vor dem Bierbauch – und ausgeraubt werden. Weil man es ihnen ansieht, dass sie Touristen sind, weil sie Urlaub haben und sich sicher fühlen, weil sie an alles denken, nur nicht an den Mann, der eine Straßenecke weiter auf sie wartet. Sie sind Einladungen für Räuber.

Ähnlich ist es mit Verliebten. Sie strahlen heller als der Rest, sie sind offen, lächeln mehr, und wenn man will, kann man es ihrer Ausstrahlung ansehen, dass sie ein volles, überspringendes Herz haben.

Manchmal entdecke ich jemanden mit diesem Strahlen. Eine Frau, die einfach zu lächeln scheint, ohne Krampf. Einen Mann, dessen Gesicht weich ist, und doch männlich. Diese Ruhe, die sie ausstrahlen. Sie sind schön, auch wenn sie nicht schön sind. Alter scheint nichts mit dieser Art von Schönheit zu tun zu haben. Wie diese Frau, weit über sechzig, grauhaarig mit großen Augen. Ich nannte sie im Stillen eine Dame. Wir saßen uns in der S-Bahn gegenüber. Sie trug ein freches Hütchen und sah ruhig, mit völlig entspannter Miene einer Kleinfamilie zu, die aus einem dicken, quietschenden Kind, einem grunzenden, dürren Vati mit eingedellter Bierdose und einer ausgeblichenen, splissigen Blondine bestand, die das Kind unermüdlich und erfolglos, aber laut und schrill wie eine Kreissäge ankeifte. Die verliebte Frau und ich ertappten uns dabei, wie wir dieses Kleinod musterten, unsere Blicke trafen sich zuweilen, aber erst als sie ausstieg, nickte sie mir gnädig, aber nicht herablassend zu. Ich fand sie schön. Und ich lächelte sie bewundernd an.

Aber genau solche Menschen sind gefährdet, weil schön und verlockend. Wie Schmetterlinge, die man aus Langeweile fängt.

Nach den ersten Wochen mit ihm begannen sich die Affären wie zufällig bei mir zu melden. Mal anrufen, fragen, wie es geht, schauen, ob sich was ergibt. Ich kenne sie, ein Rudel läufiger Windhunde, das alles jagt und Aas frisst, das streunt und Beute wittert, bevor die Beute sich ihrer Lage bewusst ist.

Ich hatte die Seiten gewechselt. Vorher hatte ich schon eine Weile nichts mehr mit gebundenen Männern gehabt. Sie strahlten eine Sicherheit aus, nach der ich mich sehnte. Doch plötzlich schien ich mich in ausgerechnet solch einen Mann verwandelt zu haben.

Und umgehend wurden die Affären-Männer zu Feinden, zu Angreifern, zu Futterneidern. Sie wollten ihre Zähne in meine Liebe graben, daran schmecken und Stücke herausreißen, sie womöglich erlegen.

Ich weiß, dass dieses Bild nicht ganz stimmt. Auch ich hatte Affären mit vergebenen Typen, aber ich wollte ihnen nicht die Beziehung zerstören. Auch wenn es möglicherweise darauf hinaus hätte laufen können. Und vielleicht wäre ich dabei nicht ohne Schadenfreude gewesen. Niemals wäre es soweit gekommen, dass ich mit so einem Mann eine Beziehung eingegangen wäre. Die Vorstellung war nicht ohne Reiz, aber von Anfang an entzaubert. Meinetwegen ist keine Beziehung zerbrochen. Es gab eine Zeit, in der ich das bedauerte, obwohl ich glaubte, es nie gewollt zu haben.

Nun war ich einer von ihnen. Plötzlich war ich begehrter denn je, war nicht mehr gehetzt und hetzte nicht mehr. Es war ganz ruhig in mir. Er wühlte mich auf, aber er gab mir gleichzeitig ein so sicheres Gefühl.

Er ist der erste Mann, den ich liebe. Als wir zum ersten Mal bei Christiane und Lillian saßen, habe ich es geahnt, vielleicht sogar gewusst.

Die Affären riefen also an. Es fehlte noch, dass sie einfach klingelten, als wären sie Zeugen Jehovas, die mich für ihre Sekte werben, bekehren oder zurückgewinnen wollten wie einen Abtrünnigen.

Ich wimmelte sie ab. Keiner strich meine Telefonnummer aus dem Kalender, da bin ich mir sicher. Sie kommen wieder. Es waren nur zwei Anrufe. Mehr Eisen hatte ich nicht im Feuer gelassen. Fürs Erste aber wollte ich sie loswerden. Und wenn ich doch eine Verabredung traf, dann sagte ich Stunden vorher ab. Einfach so. Da man mir Pflichtgefühl unterstellt, glaubten sie die Ausreden, die ich ihnen unterschob. Und ich glaubte mir die Ausreden selber.

Thomas, Marcus, Jörg – ich würde ihre Nummern noch finden in den Kalendern der vergangenen Jahre. Ich könnte sie anrufen. Vielleicht haben sie inzwischen Beziehungen, sagen mir ab, vertrösten mich, hassen mich für meine Unverschämtheit, mich nach über zwei Jahren einfach zu melden, drehen den Spieß um.

Es gibt jene, die Männer anbaggern, obwohl sie sehen, dass der Freund daneben steht. Weil sie es wissen. Möglicherweise betreiben sie das als Sport. Ich versuche sie zu ignorieren, aber sie sind da. Ich beginne sie zu hassen. Heute Abend hasse ich sie. Die lächelnden Aasfresser, die geilen Vergifter, die Angebote vom Ramschtisch. Ich hasse sie, obwohl ich einst einer von ihnen war. Mag sein, ich hasse den, der ich war, und vielleicht hat der, der ich war, sich selber schon genug gehasst.

Du bist wieder da.

Fast unbemerkt bist du hereingeschlichen und stehst vor mir, siehst mich an.

„Was ist?" Ich frage dich, obwohl mich deine Antwort ängstigt.

„Ja", sagst du, „da ist was."

Und dann sagst du, dass es schon seit Wochen geht, dass du jemanden kennen gelernt hast, dass du eigentlich nicht wolltest, es aber dann doch getan hast: Ihn immer wieder getroffen, mit ihm geschlafen, mit ihm essen gegangen, ihm näher gekommen.

„Wie alt ist er?"

Als wäre diese Frage wichtig. In den Schaltkreisen meiner Eitelkeit entfacht sie einen zischenden Kurzschluss.

„Siebenundzwanzig."

Also doch. Jung. Zehn Jahre jünger. Jetzt kann ich nur noch die Waffen strecken. Und wütend kann ich werden. Aber du bist ganz ruhig, nicht einmal traurig wirkst du. Nur betreten. Aber auch glücklich. Denn du bist offenbar verliebt. Vielleicht habe ich es deswegen nicht bemerkt, weil ich dieses Glänzen meiner Anwesenheit zuschrieb.

„Und jetzt?" frage ich.

Am großen Fenster sieht man auf die Straße. Ich könnte mir jetzt ein Kissen auf die Fensterbank legen, die Arme verschränken und den Leuten zusehen. Ich kenne sie. Es ist komisch, in der S-Bahn könnte ich die Augen schließen und sie bei einem x-beliebigen Bahnhof öffnen. Ohne zu wissen, wo ich bin, ohne ein Stationsschild lesen zu müssen, würde ich es sehen an den Menschen, die ein- und aussteigen.

Die kessen Damenhütchen und cremefarbenen Mäntel Nähe Charlottenburg. Die jungen Männer in Maßanzügen, immer frisch gebügelt und schmutzabweisend, ein- oder zweireihig. Etwas zu laut näselnde Mädchen in graumelierten Frauenkostümen, das ist der Potsdamer Platz. Oder die Touristen, rotbäckige Frauen aus Schwaben mit schiefen Pagenköpfen, dickliche Männer in nappaledernen Freizeitjacken, der letzte Schrei aus einer Chemnitzer Boutique, sie steigen am Hackeschen Markt aus. Unförmige Türkinnen in ihren schwarzbunten Kopftüchern, Neukölln, Wedding. Pastellfarbene Anoraks und locker sitzende Jogginghosen am Alexanderplatz. Ich komme nicht sehr weit rum in Berlin, aber das kleine Areal, in dem ich mich bewege, ist mir vertraut.

Vor meinem Fenster, nicht weit vom U-Bahnhof Eisenacher Straße, gehen Frauen Mitte dreißig vorbei, mit teurem Lippenstift und meist in stumpfes Schwarz gekleidet, da sind schwule Männer in zu engen T-Shirts, die sich wie Jungs die Rucksäcke über die Schulter werfen, ältere Herren, die sich noch nicht von der Frisur ihrer bewegten Jugend trennen konnten, nackenlang, ungekämmt, verblichene Strähnen um glänzende Glatzen. Männer in dunklen Sakkos und zugeknöpften Hemden, vielleicht Galeriebesitzer, vielleicht nur arbeitslose Beleuchter vom Theater.

Die Stadt ist gefährlich geworden. Die Männer flirten auf der Straße, sie fahren extra einen S-Bahnhof weiter, vielleicht passiert etwas, vielleicht springt ein Fick heraus.

Ich werde alt. Das muss festgestellt werden. Ich bin nicht mehr unberechenbar, kaum noch spontan, selten verwegen, wenn überhaupt. Diese Adjektive passen nicht mehr zu mir. Vielleicht beginnt so eine Midlife-Crisis, oder hört sie mit dieser Feststellung auf?

Ich habe nichts vermisst in der Zeit mit ihm. Und das ist vielleicht der Punkt: Ich hatte nie das Gefühl, etwas zu verpassen.

Ich will nicht noch mal zwanzig sein, will nicht samstagabends den Club finden müssen, der gerade angesagt ist, will nicht Musik hören, die alle hören, will nicht ständig glauben, im falschen Zug zu sitzen – und eben etwas zu verpassen. Ich habe nie gewusst, was ich eigentlich verpasst habe. Ich hatte kein Bild davon, nur das Gefühl, dass es anderswo vielleicht besser ist. Mit zwanzig, frisch importiert aus Meck-Pomm in Ostberlin. Aber im Osten wird vielleicht jeder gedacht haben, er verpasst etwas. Ob ich mich nun am richtigen Ort befunden habe oder nicht, machte keinen Unterschied, denn ich war noch nicht angekommen.

Es ist ein Genuss, und wenn es nur einen Moment dauert, dieses Gefühl, zur richtigen Zeit am richtigen Ort zu sein, sich genau da zu befinden, wo man hingehört, oder wo man wenigstens glaubt, hinzugehören. Plötzlich ist dieser Punkt da, und man scheint ihn erst dann zu erreichen, wenn man ihn nicht mehr erreichen will, wenn man sich langsam zurückzieht, ohne es zugeben zu wollen. Doch dieses Gefühl ist wichtig. Ich habe mich danach gesehnt und die beneidet, die offenbar richtig lagen oder standen.

Mit zwanzig hatte ich panische Angst, so alt zu sein, wie ich es jetzt bin. Obwohl mich Männer in diesem Alter damals mehr interessierten, wollte ich nie sein wie sie. Auch wenn sie beneidenswert erschienen in ihren großzügigen Wohnungen, ihren Doppelbetten, mit den Schrankwänden und Blumenbänken, in ihren geordneten Leben. Ich war fasziniert, und ich hatte Angst davor. Es gab keine Vorstellung in mir, ich hatte keine Vorstellung von meinem Leben und von meinem Altern. Nur die Ahnung, dass es einen Ort geben muss, an den ich gehöre.

Ich lenke ab, ich will mich ablenken, ich will diese Gedanken nicht denken. Er ist auf Arbeit, er hat nicht gelogen. Wenn er in einen anderen verliebt wäre, hätte er es längst gesagt. Oder ich hätte es gespürt. Vielleicht.

Auch er wird Anrufe gehabt haben, auch ihn wollten die Aasgeier zurück. Gerade ihn. Ich weiß nicht, ob er ihnen absagte oder sie vertröstete.

Jetzt denke ich daran.

Vielleicht ist *Skinlthrhunk27* eine solche Geschichte, ein ehemaliger Lover, eine Erinnerung, zu der er geht, um gelegentlich die Freiheit zu schmecken, die er für mich aufgegeben hat.

Hat er das Gefühl, etwas zu verpassen?

Soll ich noch mal in sein Zimmer gehen? Weitere Zettel suchen? Nach krakeligen Telefonnummern auf Bierdeckeln, auf halb zerknüllten Zigarettenschachteln, auf der Rückseite von Visitenkarten, auf schmalen Papierstreifen, abgerissen von irgendeinem Flyer. Vielleicht gibt es irgendwo noch mehr von diesen gelben, quadratischen Zetteln aus seinem Notizblock. Soll ich suchen?

Hätte ich ihm heimlich folgen sollen vorhin? Nur um zu sehen, ob er Jannowitzbrücke aussteigt? Nur um zu sehen, wo er klingelt?

Oder gehe ich online, um Spuren zu finden, die nach Leder riechen und nach Skins, nach Kontaktanzeigen, nach Homepages, auf denen er sein Gesicht mit einem schwarzen Balken unkenntlich gemacht hat, oder ich suche Profile, suche nach seinem Alter und nach diesem Fetisch, suche seinen Namen bei seltsamen *Yahoo!*-Gruppen, versuche, sein Passwort herauszufinden, an seine E-Mail zu gelangen. Vielleicht benutzt er meinen Namen als Zugang.

Mir kommen Bilder von Frauen, die sich im Kofferraum ihrer Männer verstecken, die Manteltaschen durchwühlen, Hemdkragen auf Lippenstiftspuren prüfen, in Kleiderbürsten nach blonden Haaren suchen, die Wiederholungstaste des Telefons drücken, Indizienketten erfinden und immer mehr dem Glauben verfallen, sie würden belogen und betrogen, weil es genau das ist, wovor sie am meisten Angst haben. Und es zieht sie an wie ein Sog, wie etwas Unvermeidliches, wie eine Sehnsucht.

Ich bin kurz davor.

Es ist nur ein Schritt in diese Richtung, nur eine Handbewegung, ein Finger auf einem gelben Notiz-Zettel, eine Distanz von drei oder vier Zentimetern. Dann wäre ich dort. Bei der Gewissheit. Oder beim Nichts. Auf jeden Fall aber bei der Scham vor mir selbst ob dieser Würdelosigkeit. Ich weiß nicht, wovor ich mehr Angst habe.

Warum gibt es den Brauch nicht, Verlobungen in der Zeitung anzuzeigen. Mit Namen und Adresse. Dann wäre alles geklärt für die anderen und als verliebter Mensch hätte man wenigstens etwas Schriftliches, einen Nachweis.

Wie bei Todesfällen.

Hallo, wir sind tot. Wir sind nicht mehr verfügbar auf dem freien Markt. Wir lieben uns. Also sind wir tot – für euch. Bleibt weg, oder wir schießen!

Es war ein Samstagvormittag. Wir gingen einkaufen. Einfach so. Weil wir Lust dazu hatten, nicht dass wir etwas gebraucht hätten. Wir gingen also nicht wirklich einkaufen, sonder shoppen, um unseren versteckten Konsum-Bedürfnissen zu begegnen. Wir fuhren U-Bahn zum Ku'damm, saßen nebeneinander, und unsere Knie berührten sich. Manchmal legte er seinen Arm um mich. Ganz natürlich. Ich glaube, es sah nicht schwul aus oder anzüglich. Früher hätte ich das nie ertragen. Mit ihm war das kein Problem. Es war schön. Ich war stolz, dass dieser Mann seinen Arm um mich legte und dass es jeder sah, der es sehen oder ignorieren wollte.

Wir kauften Zigaretten an einem Zeitungskiosk.

Dann schlenderten wir. Wir haben eine Art des zielstrebigen Schlenderns, keines, das große Bogen macht oder sehr langsam ist. Wir gingen nebeneinander, nicht zu schnell und nicht zu langsam.

Es kann sein, dass es mein Fehler war, weil ich mir die Menschen immer ansehe. Besonders auf dem Ku'damm. Es macht Spaß. Menschen zu beobachten ist schließlich meine Arbeit.

Aber diesmal verflog der Spaß.

Ich sah sie, sie gingen vorbei wie immer. Männer, Typen, Kerle, Jungs.

Sie kamen in weiten Armyhosen, in unvermeidlichen Levi's 501, nabelfreien Tops. Ältere mit Lacoste überm Bauch, jüngere mit Bomberjacken und Ringen unter den Augen, heimliche Lederkerle, offene Lederkerle, versteckte Normalos, billig tänzelnde Tucken, parfümiert, als wollten sie ihre Duftnoten überall hinterlassen wie Rüden, die ihr Revier markieren. Alle waren da, ich sah sie alle. Kurzgeschoren, halblang, lockig, eingegelt, rasiert, blondiert, getönt.

Ich wusste nicht, wie ich wirkte in meinem dunkelblauen Hemd und der Jeans. Vielleicht einfach wie ein Schwuler, der zu etwas Geld gekommen ist oder wenigstens so tut. Ich war immer der Typ für den zweiten Blick.

Er hatte ein schwarzes T-Shirt an und ebenfalls Jeans, nicht zu eng, sondern lässig geschnitten. Er kann es sich leisten, nicht alles zu zeigen, weil er nichts zu verstecken hat.

Natürlich sah man uns beiden an, dass wir Schwule sind. Schwule in Berlin, Samstagvormittag, Shopping, Laufsteg, taxieren, den Marktwert testen. Es gehört dazu.

Und sie sahen ihn an, musterten ihn. Interessiert, anzüglich, offensiv. Ich konnte es sehen. Ich wollte es nicht, aber ich tat es.

Ich weiß nicht, ob mich einer angesehen hat, ich achtete nicht darauf an diesem Vormittag, ich hatte nur einen Blick für diejenigen, die ihn meinten. Und immer mehr krampfte sich mein Magen zusammen. Ich konnte nicht sehen, ob er ihre Blicke erwiderte.

Ich wollte es vielleicht auch nicht.

Ich wollte nicht verdampfen neben ihm, nicht die Gedanken der anderen hören: „Was will denn der mit dem? Wie kommt so eine graue Maus zu diesem Mann? Wenn der auf den steht, kann man's ja mal probieren."

Wir gingen weiter zum Tauentziehn, suchten bei *P&C* nach Jeans, stöberten. Er probierte ein Hemd an. Ich nickte und lächelte, als er aus der Kabine kam.

„Was ist?" fragte er.

„Sieht gut aus."

Er sah sich kurz im Spiegel an, dann sah er mich im Spiegel an.

„Ich mein nicht das Hemd."

Dann ging er zurück in die Kabine. Er kaufte das Hemd nicht.

„Komm."

Wir gingen zurück in Richtung Ku'damm. Schweigend. Ich wusste nichts zu sagen, fühlte mich ertappt. Es fühlte sich an, als hätten wir plötzlich ein Problem.

Nachdem wir am Kranzler vorbei waren, blieb er am nächsten Café stehen.

„Wir setzen uns erst mal."

Ein Tisch an der Glasfront war frei. Wir nahmen auf den beigen Korbstühlen Platz und sahen den vorbeihastenden Menschen beim Vorbeihasten zu, bis die Bedienung kam, eine spät verblühte Blondine, die ständig an ihrer Unterlippe nagte.

Den Milchkaffee servierte sie schnell.

„Was ist denn los?" fragte er ernst.

„Nichts."

„Doch. Da ist was und das sagst du jetzt, sonst bestelle ich Torte."

Ich nahm einen Schluck, atmete durch und überlegte kurz, was ich sagen könnte, was zu sagen wäre, wie ich es umschiffen könnte. Ich schämte mich.

„Ich glaub, ich bin eifersüchtig."

Er schüttete gerade Zucker in seinen Milchkaffee und sah verwundert hoch.

„Eifersüchtig?"

„Ja, eifersüchtig", bestätigte ich.

„Wieso?"

Nun zögerte ich. Weil ich selber nicht so recht wusste, wieso. Oder ich wusste es und hielt es für kindisch und unreif.

„Ich merke, wie dich die Kerle angucken. Und da bekomme ich halt Angst", gestand ich mit belegter Stimme, als stünde ich kurz vor der Entmündigung.

„Was?" Er lachte kurz auf. „Erstens ist es mir egal, wer mich anguckt, und wenn, dann ist es einfach nur okay. Man kriegt ja wohl gern mal ein Kompliment. Und zweitens wirst du auch angeguckt, soweit ich das mitkriege. Also, was soll's."

„Ja", sagte ich nach einer kurzen Pause. „Aber ich habe immer gedacht, dass ich nicht eifersüchtig bin."

Er lehnte sich zurück, lächelte und strich mir plötzlich mit dem Handrücken über die Wange.

„Brauchst du auch nicht. Und so ein bisschen gehört dazu. Aber nur ein bisschen."

Wahrscheinlich wurde ich rot. Oder blass. Wie eine Woge schlug mein Schamgefühl hoch. Ich sah ihn an. Seine Augen, sein Kinn, seine kurzgeschorenen Haare, wie er mir gegenüber saß und lächelte.

„Alles klar, oder?" sagte er.

„Ja, alles klar."

Und wir strahlten beide.

Liebe. Ja, das wird es gewesen sein. Ich liebte diesen Mann. Aber dieses Gefühl war anders, als ich es mir vorgestellt hatte. Unter dem Tisch drückte er sein Knie an meines, und wir tranken unseren Milchkaffee. Später gingen wir zu ihm, fuhren einträchtig U-Bahn, redeten kaum und liebten uns, sobald wir im Flur waren. Liebten uns den ganzen Nachmittag über, aßen eine Familienpackung Mövenpick-Eis, sahen dabei Samstagnachmittagsserien und liebten uns wieder. Einfach so. Ohne zu duschen zwischendurch, verschwitzt und duftend.

Dieses Gefühl war immer noch da am Abend, als wir einschliefen. Ich wusste, dass ich ihn liebe. Zum ersten Mal gestand ich es mir ein, einen Menschen zu lieben.

Das Seltsame daran war, dass es mich nicht beruhigte. Vielleicht geht man davon aus, dass man die Liebe findet und sich zu Hause fühlt, nicht mehr weg muss, bleiben kann für immer. Aber ich wusste, dass es keine Endstation bedeutete. Ich war beunruhigend glücklich oder glücklich beunruhigt. Aber ich schlief ein, weil er neben mir lag.

„Willkommen", sagt die Frauenstimme. Und immer geht mir durch den Kopf, wie oft sie geübt, wie viele Male sie diese Sätze in ein Mikrofon gelächelt haben muss.

„Willkommen", äffe ich sie nach.

Ich will nicht hier sitzen.

„Sie haben Post!"

Ich werde nachsehen, wer mir geschrieben hat, nichts weiter. An meinem Computer, nicht an seinem. Es wäre das Letzte, seinen Rechner hochzufahren und im Download-Ordner nach verdächtigen Gesichtern zu fahnden. Ich bin schon so tief gesunken, dass ich zurückschrecke. Nein, ich will nur meine Mail checken.

Eigentlich ist es keine Post, nur das Übliche. Amazon schickt wieder einmal Promotiontipps, „Showprep" den aktuellen Nachrichtenüberblick, *sweetsandy16* will mich an eine Webcam locken und *onlinexxxfun* bietet Viagra an. Im richtigen Leben schickt mir nicht mal der Quelle-Katalog seine regelmäßigen Updates. Das Faber-Lotto-

System hat mich irgendwann aufgegeben, an der SKL bin ich wohl gerade so vorbeigekommen. Ich stehe nicht im Telefonbuch. Nicht mehr. Bei der Auskunft hat man keine Angaben zu meinem Namen; immerhin meinen Namen haben sie. Sollte mich einer finden wollen, so weiß er wenigstens, mich gibt es. Aber der Rest bleibt draußen, der Rest ist Werbung.

Nur im virtuellen Teil unserer Realität habe ich mich bislang noch nicht verleugnen können. Lediglich verschiedene Namen kann ich mir zulegen, aber sich verstecken geht schlecht. Irgendeine Instanz erkennt die ID meines Computers und dass der zweite, dritte oder vierte Name ein Ableger vom Hauptnamen ist. Das Netz kennt mich, ich bin durchsichtig, meine Vorlieben sind eine digitale Zahlenkolonne.

Ich glaube nicht, dass eine ältere Dame, die sich Strickmuster und Kochrezepte aus dem Netz holt und bei den Grauen Panthern was ins Gästebuch schreibt, derlei E-Mails bekommt. Sie wird andere Werbung erhalten. Aber nicht von *sweetsandy* und *hornymandy*, und schon gar nicht von dem Viagra-Typen.

Ich lösche alles. Morgen wird die Box sowieso wieder gefüllt sein, aber für diesmal ist sie leer. Mein zweiter Name hat zwei neue Mails, die ich nach einem abermaligen „Sie haben Post!" lösche. Diesmal waren es Online-Casinos.

Nein, ich schnüffle nicht.

Aber *Skinlthrhunk27* ergibt auch kein Suchergebnis, nicht bei Google. Christiane hatte einmal das Stichwort „Hausfrauen" eingegeben und wir staunten, was sich da alles finden lässt. Küchenstudios waren keine dabei, dafür hätten wir uns in die vermeintlich geheimen Wünsche der Hausfrauen hineinversetzen können.

Vielleicht hat *Skinlthrhunk27* eine Seite bei *homo.de*. Schwule Seiten sind praktisch. Dort wird nach aktiv, passiv, nach Sex allgemein, nach Fetisch, S/M, gay & grey und Bären sortiert. Alles alphabetisch, als Auflistung mit oder ohne Bild. Ich gebe „Berlin" ins Suchfenster ein. Es erscheinen Namen und Bilder, die bequem angeklickt werden können. Eine virtuelle Herbertstraße, ein Schaufensterbummel.

Eine Seite für *Skinlthrhunk27* finde ich nicht, dafür öffnen sich Fenster unter der Fetisch-Abteilung, die Körperteile zeigen, Männer ohne Kopf von hinten, ohne Kopf von vorn, nur mit Kopf oder völlig verhüllt in Leder, in Gummi gestopft wie Wurst in eine Pelle, Pics von Dildos, Vakuumpumpen. Ich entdecke einen Transformator mit Drähten und Klammern. Nein. *Skinlthrhunk27* ist weder bei den Fetischen einsortiert, noch hat er sich in der Rubrik S/M eingetragen. Und er kann nicht einfach bei Sex stehen, das wäre zu einfach und würde die Trefferquote beeinträchtigen. Nein, er steht nicht bei *homo.de*. Jedenfalls nicht bei den Homepages mit Bild.

Ich könnte jetzt aufgeben, es wäre sogar sinnvoll aufzugeben. Was habe ich davon, ihn zu finden? Im Ernstfall wäre es nur ein Stück von ihm. Sein Unterleib oder seine Verkleidung.

Aber es gibt noch dieses Chat-Portal, das ich nie verstanden habe. Mein Kennwort habe ich noch, sogar einen Mitgliedsnamen ließ ich mir sichern, doch ich habe es nie fertiggebracht, wirklich ein Bild von mir dort einzusetzen, mich zu beschreiben und meine Vorlieben in das Ja-Nein-Raster einzutragen. Als ich das Formular damals sah, klickte ich es weg. Dennoch, mein Name funktioniert noch, auch wenn ich nicht aufgelistet bin unter den verfügbaren Profilen. Ja, man sagt dazu „Profile". Mein Formular ist unausgefüllt geblieben, ich bin nicht klassifiziert. Ich arbeite mich vor, die Suchfunktion ist auch hier perfekt.

Klick. Ich habe *Skinlthrhunk27* in der Regionalliste für Berlin gefunden. Links steht der Name, dann folgt das Alter, die Region, ganz rechts ein Punkt, der anzeigt, dass es ein Bild gibt auf dem Profil. Er ist nicht online.

Nein, das ist jetzt zu einfach gewesen. Jetzt müsste ich das ganze Fenster wegklicken und mich abmelden. Aber ich lüge. Ich wollte genau das tun. Ich bin jetzt soweit, ich spioniere, ich unterstelle und ich urteile. Ich fühle mich nicht besser. Ich klicke auf seinen Namen und weiß, dass ich mich nicht besser fühlen werde, wenn ich sein Bild sehe, weil es keinen Aufschluss und keinerlei Erkenntnis preisgeben wird.

Er sieht mich an, mit freiem Oberkörper die Arme verschränkt, damit die beeindruckenden Oberarme noch besser zur Geltung kommen. Er zeigt sich nur bis zur Hüfte, aber er trägt keine Hose, sein Becken ist schmal, er hat keinen Bauch. Er trägt eine schwarze Sonnenbrille. Sein Kopf ist kahlgeschoren. Sein Mund schmal, abweisend und männlich, ein verschlossener Männermund, wie er im Marlboro-Country Zigaretten raucht und auf Grashalmen kaut. Er hat sich für das Bild nicht rasiert. Im Hintergrund sieht man ein Gemälde an einer Wand hängen. Eine verschwommene Landschaft, grob gepixelt.

Die Seite wurde bislang 17.567-mal angeklickt. Ein guter Schnitt, vermute ich.

Er ist 1,89 Meter groß, 83 Kilo schwer, 19x5 cm bestückt. Nichtraucher, keine Drogen, HIV-negativ. Aktiv und passiv. Dafür Rollenspiele. Ledertypen, Skins, Sportswear. Alles kann, nichts muss. Kein Fisten/No Brutal. Safe!

Ich habe ihn noch nie gesehen in Berlin.

Skinlthrhunk27 ist Single oder hat sich wenigstens als Single eingetragen. Vielleicht ist das seine andere Identität.

Nun mustere ich ihn, und es ist genau, wie ich gedacht habe. Ich bin nicht klüger.

Er ist größer als ich. Er steht auf Leder, ich stehe nicht auf Leder.

Aber ich stehe auf den Kerl, der Leder trägt, der mit mir zusammen wohnt, aber ich würde ihn auch lieben, wenn er es mehr mit Norwegerpullis oder Armani-Sakkos hielte.

Meine Augen wandern über das Bild. Er sieht nicht besonders gut aus, nur männlich. Ich müsste sehen, wie er sich bewegt, wie breitbeinig er geht, ob er eine tiefe Stimme mit vibrierenden Stimmbändern hat oder fistelt wie eine Tunte aus einer schlechten Komödie.

Auch das Bild im Hintergrund gibt keinen Aufschluss. Wäre hinter ihm eine Schrankwand gewesen, in Eiche, mit beleuchteten Fächern und einer Hausbar. Oder ein von der Kellerdecke baumelnder Sling. Mit beidem hätte ich leben können, beides wäre Hinweis genug. Ich hätte eine Chance, *Skinlthrhunk27* nicht ernst nehmen zu müssen.

Nun kann es sein, dass er Geschmack hat, Stil und Bildung. Möglicherweise ist er witzig und liebenswert, könnte sogar zu unserem Bekanntenkreis gehören.

Ich schließe die Seite.

Schade, dass er nicht online war, dann wäre es ein eindeutiger Hinweis, dass er sich nicht mit ihm trifft, dass mein Freund jetzt irgendwo fotografiert.

Vielleicht hat er auch ein Profil hier. Er muss eins haben, sonst wären sie sich nicht begegnet. Die Suchfunktionen sind perfekt, ich müsste nur „Berlin" in die Zeile für die Region angeben und auf *Go* klicken.

Nein, es ist genug für heute. Genug geschnüffelt, genug Detektiv gespielt. Aber ich bin kein Detektiv, denn ich bin nicht klüger geworden. Die Anklage basiert auf dünnen Indizien, es gibt keine Beweise. Nur diesen gelben Zettel.

Es reicht nicht. Und ich bin zu schlecht, um ein Verhör zu führen. Wie Colombo müsste ich es tun, beiläufig und harmlos, ständig darauf setzend, unterschätzt zu werden, damit sich die Fakten wie von selbst organisieren und offenbaren. Details, scheinbar unauffällig und viel zu nebensächlich. Habe ich wirklich nichts bemerkt? War etwas da, auf das ich hätte achten sollen? Eine Antwort, die den Bruchteil einer Sekunde zu spät gekommen ist, eine Geste, ein Gesichtsausdruck, abwesend und träumend.

„Bis bald!" sagt die Frau mit der geübten Stimme. Sie klingt fast wie diejenige, die in der U-Bahn die nächste Station ansäuselt. Als wäre „Eisenacher Straße" ein Joghurt mit ganzen Fruchtstücken oder eine neuartige Slipeinlage.

Ich war online, und zum ersten Mal ist die Zeit dabei nicht schnell vergangen. Fünfzehn Minuten. Sollte ich ihn auf seinem Mobiltelefon anrufen?

Nein. Ich fahre den Computer herunter und gehe nicht in sein Zimmer, wühle nicht in Schubladen und versuche nicht, sein Passwort zu knacken.

„Was du nicht weißt, macht dich nicht heiß."

Christiane hatte das gesagt. An einem Nachmittag. Es war im *Café Berio*. Lillian, Christiane, er und ich saßen an einem bestellten Tisch an einem Sonntagnachmittag. Christiane hatte mich am späten Vormittag angerufen, ob wir Bock auf ein spätes Frühstück hätten. Sie wusste, dass er an diesem Wochenende bei mir war. Sie hatte meine Hast am Freitagnachmittag bemerkt, meine Vorfreude und meinen Hinweis, dass ich unbedingt noch einkaufen müsste.

Die beiden wollten eigentlich über das Wochenende an die Ostsee fahren, doch der Wetterbericht hielt sie davon ab, so dass sie quasi an der Haustür umkehrten und sich für zwei ruhige Tage Berlin entschieden. Mit Regen, Pizzaservice und allem, was dazugehört.

„Den SFB-Gernsehabend haben wir uns aber gekniffen", lästerte Christiane. „Acht Stunden Heinz Sielmann. Da habe ich mich lieber um mein Kätzchen gekümmert." Sie stupste Lillian, die sofort rot wurde, in die Seite. Lillian schob ihre Hand weg. Christiane zögerte für einen Moment und atmete tief durch. Dann redete sie weiter. Es war nur eine Zehntelsekunde, in der ich dachte, dass etwas nicht stimmen könnte, aber ich vergaß es gleich wieder.

Christiane vergaß es wohl auch, sie lenkte ab. „Es ist schon eine Schande, womit die am Samstagabend das

Programm vollkacken. Aber nicht nur die Dritten. Alle. Alle senden Gülle."

„Wahrscheinlich erwarten die, dass am Sonnabendabend eh nur Rentner und Vollversehrte vor der Kiste sitzen. Die jüngere Zielgruppe wird erst am Sonntag bedient. Zum Chill-out sozusagen."

„Aber was für Dreck auch!" Christiane war dabei, sich weiter hochzuspulen. „Kein Wunder, dass die Menschen in diesem Land *brainwashed* sind, wenn sie nicht eh schon ihren Gen-Schaden weghaben."

„Du musst bei dir auch Quote bringen", schaltete er sich ein.

Christiane nickte. „Muss ich. Gut, ich nehme sie nicht ganz für voll, aber ich verblöde die Leute nicht noch mehr. Falls das überhaupt geht."

„Ja, ja", sagte ich. „Rosemarie Schracke und ihre packende Reportage übers Gesundheitsamt."

„Na und? Fürs Wochenende ist das okay. Und außerdem", sie wandte sich ihm zu, „deine Fotos sind auch zu neunundneunzig Prozent Graubrot. Kunst kannst du auch nicht machen. Und wenn, kriegste die Teile nicht verkauft."

„Oder ich werd Paparazzo", sagte er trocken.

„Oder du wirst Paparazzo", bestätigte Christiane und prostete ihm zu.

„Claudia Schiffer im Bikini hat man schon gesehen, Prinzessin Stephanie wird alt und Prinzessin Di ist tot. Auch nicht mehr so dolle, das Paparazzi-Geschäft", warf ich ein.

„Ha", triumphierte Christiane, „ aber Caroline Reiber im Swingerclub, das wäre eine Story. Und Beckenbauer hat doch auch rumgepoppt."

„Glaubst du, da bezahlt einer was für? Außerdem nimmt man dem Kaiser diese Dinge nicht übel." Er grinste.

„Dann schieß Bilder vom zuckerkranken Hund von Inge Meysel." Christiane kam in Fahrt.

Er war es schon. „Die hat doch keinen Hund. Die hat bestimmt irgendein Reptil, das sie mit lebenden Goldhamstern füttert."

„Aber Brigitte Mira hat sicher einen Hund. Einen ausgestopften", mutmaßte Christiane.

Wir lachten. Christiane lehnte sich kurz bei Lillian an, dass ihre roten Locken Lillians Gesicht kitzelten. Lillian schob sie weg.

„Wie auch immer. Kunst machen wir alle nicht", sagte ich. „Jedenfalls nicht immer."

„Das Leben ist eine Mischkalkulation", sagte er.

„Ja", entgegnete Christiane, „wenn die Mischung stimmt." Es klang spitz. Sie sah ihn kampflustig an: „Wann machst du eigentlich deine Ausstellung, mein Lieber? Ein bisschen Kunst hast du ja doch im Schrank."

„Wer will denn heut noch Fotos sehen?" fragte er.

„Ich!" schoß ihm Christiane entgegen.

Ich sekundierte: „Ja, ich auch."

„Und ich erst." Lillian klang betont gelangweilt. Sie matschte lustlos in ihrem Joghurtmüsli herum und gab sich Mühe, interessiert zuzuhören.

Christiane schien den Tonfall zu überhören. „Ich kenn auch ein paar Galeristen."

„Mal sehen", sagte er. „Soviele Bilder sind es nun auch wieder nicht. Außerdem sind die quer durchs Gemüse, kein Thema, nix. Schnappschüsse eben."

„Wir sehen uns die mal an, und ich strecke meine Fühler aus." Christiane war in ihrem Element. „Kannst ihm ja auch mal Beine machen!" fuhr sie mich an. „Wie findest du seine Sachen?"

„Ich find sie schön."

Vor ihrem inneren Auge war die Ausstellung perfekt, die Bilder gehängt, Christiane befand sich schon in ihrem schwarzen Leinenkleid auf einer Vernissage in Charlottenburg, umringt von dick grundierten Frauengesichtern und windhündigen Altachtundsechzigern.

„Ist ja gut", sagte Lillian unvermittelt.

Sie ließ den Löffel im Joghurt versinken, bis nur noch etwa zwei Zentimeter Stiel herausragten. Wir sahen sie an, und mir fiel jetzt erst auf, dass sie blasser war als sonst. Wenn das überhaupt geht. Aber diesmal war sie genervt. Vielleicht wütend, das war schwer zu sagen. Ich hatte Lillian noch nie wütend gesehen. Meistens war sie still, sie sagte nur etwas, wenn sie wirklich etwas zu sagen hatte. Anfangs glaubte ich, sie stünde im Schatten von Christiane. Aber das stimmt nicht. Womöglich ist es umgekehrt. Und vielleicht gibt sie ihrer flatterhaften Freundin, die immer nach Aufmerksamkeit lechzt, den Halt. In diesem Moment, als Lillian in die Runde sah, war es mir klar.

Lillian hatte Recht. Sie quatschte uns nie über ihren Laden voll. Sie arbeitete einfach, halbtags, manchmal auch länger, ging nach Hause und hielt soweit den Mund. Ab und an brachte sie ein paar eingelegte Tomaten mit, einen guten Wein oder Parmesan. Sie verkauft italienische Spezialitäten.

Sie saß bei uns, hörte zu und manchmal warf sie etwas ein. Sie konnte, ohne an einem Gespräch wirklich teilzunehmen, der Unterhaltung dennoch eine Richtung geben. Durch Stimmungen, durch einen Satz, durch ein Wort. Sie lenkte uns, ja zuweilen hatte ich das Gefühl, dass sie mehr Einfluss auf uns ausübte als Christiane. Lillian beobachtete, dachte, verarbeitete, aber sie teilte uns selten Details mit, sie gab nur das Ergebnis preis. Manchmal. Christiane konnte man überzeugen, solange man ihrem Mundwerk etwas entgegenzusetzen hatte, mit Argumenten, solange sie diese akzeptierte. Und im seltenen Fall, wenn sie keine Argumente mehr hatte, zog sie ihre Geschütze nur widerwillig zurück.

Wahrscheinlich aber ist Christiane leichter zu beeinflussen. Und Lillian ist es nicht. Und an diesem Nachmittag spürte ich eine seltsame Bestimmtheit, die eindeutig von Lillian ausging.

„Ihr könnt auch mal über was anderes reden als über eure Arbeit."

Der Joghurtlöffel versuchte, sich langsam aus der Affäre zu ziehen, sank müde zur Seite, als spürte er, dass etwas in der Luft lag.

Christiane blieb routiniert lustig.

„O mein Gott!" sagte sie theatralisch. „Gibt es denn was anderes?"

„Das hoffe ich", sagte er und gab mir einen Kuss.

Christiane fuhr sich affektiert durchs Haar. „Ich brauch eine Zigarette. Ja, es gibt bestimmt was anderes. Ja, ja, ja." Sie zog die Show der nervösen Alkoholikerin im amerikanischen B-Movie ab, hielt zitternd das Feuerzeug und sog gierig den Rauch ein.

„Hör auf damit", sagte Lillian.

Das Feuerzeug fiel schlapp auf die Tischplatte. Um uns herum tobte das Leben im vollen *Berio*. An unserem Vierertisch war es plötzlich ganz still.

Wir sahen die beiden an. Lillian aufrecht sitzend, mit den blonden Haaren zu einem Knoten zusammengesteckt, wirkte plötzlich traurig. Keine Veränderung in ihrem Gesicht drückte das aus, aber sie war traurig und wütend.

„Ich fahr nächste Woche nach Bonn zu einem Seminar", sagte Christiane, und es klang wie ein Geständnis.

„Du fährst nicht zum Seminar. Du fährst zu ihr", wies Lillian sie zurecht.

„Ich habe dir schon zig-mal gesagt, wir werden uns nicht sehen und wenn, dann nur auf einen Kaffee." Und sie setzte spitz hinzu: „Nämlich."

„Wer ist sie?" fragte ich. Aber ich sah dabei Lillian an. Ich wollte es von ihr hören.

„Ihre Ex."

Ich atmete auf, schließlich waren die beiden zehn Jahre zusammen, also war eine Ex-Freundin von Christiane Schnee von Vorvorgestern.

„Aber das ist doch lange her", schlussfolgerte ich.

Christiane sagte nichts. Sie gab sich betont gleichmütig, aber sie war nervös und spielte wieder mit dem Feuerzeug, verstohlen, als dürfte es Lillian nicht bemerken.

Ich fragte mich, wie lange dieser Zustand anhalten würde.

„Nein, nicht so eine Ex. Es ist ..." Lillian schien gerade entdeckt zu haben, dass sie keinen Löffel mehr hatte, sie blickte irritiert auf den Joghurt. Dann platzte Christiane heraus.

„Es war eine Affäre. Wir hatten mal was. Vor drei Jahren oder so. Sie heißt Birgit, und seitdem ist nichts wieder passiert. Zufrieden?" Christiane sank zurück, als hätte ihr jemand die Luft rausgelassen.

Was sollten wir sagen? Wir warteten darauf, was Lillian entgegnen würde.

Christiane sagte in unser Schweigen: „Steigt hier jetzt ein Standgericht oder was?"

Wir schüttelten gleichzeitig den Kopf.

„Nein", sagte Lillian bestimmt und ruppig.

„Ja. So was passiert!" fuhr Christiane hoch. „Ich hatte dreimal Seminare in Bonn, und da haben wir zweimal miteinander gevögelt. Nichts weiter." Christiane sah zu Lillian und berührte ihren Arm und wiederholte beschwichtigend: „Nur zweimal."

Ich wusste nichts davon. Christiane hatte mir nie etwas erzählt von ihren Verhältnissen. Und ich dachte, die beiden wären über so etwas erhaben. Vielleicht dachte ich das, weil ich es einfach glauben wollte. Möglicherweise hatte ich bis dahin Christiane und Lillian nie als sexuelle Geschöpfe betrachtet. In diesem Moment stellte ich mir vor, wie sie miteinander schliefen. „Gevögelt" hatte Christiane gesagt. Meine Vorstellungskraft war begrenzt.

„Was du nicht weißt, macht dich nicht heiß."

Der Satz stand im Raum. Endgültig. Lillian schien ihn zu ignorieren und schob den Joghurt von sich, ohne den Löffel wieder herausgezogen zu haben.

Er legte seine Hand auf mein Knie.

Plötzlich fühlten wir uns alle unwohl. Es schien, als wäre das *Berio* lauter geworden, das Café versuchte uns einen normalen Nachmittag vorzugaukeln. Quengelnde Kinder, eine genervte Mutter, die ihren Kinderwagen mit Gewalt durch das Lokal wuchtete und dabei Stühle anstieß und Gänge blockierte. Ein Tisch mit vier blondierten Jungs, die sich aufgeregt gleichzeitig etwas vorgackerten, ein Tisch Frauen, die sich keine Mühe gaben, ihr Lachen zu dämpfen, und nebenbei nach dem Kellner riefen, der ein volles Tablett heil durch das Chaos bringen wollte. Sie hatten alle ihren schönen Sonntagnachmittag, unserer war nicht mehr zu retten.

„Ich liebe dich", sagte eine Christiane zu einer Lillian, die noch kühler als sonst wirkte. Plötzlich saß da eine Christiane, die zerbrechlich wirkte und der jede Selbstsicherheit abhanden gekommen war. Eine Christiane, wie ich sie noch nie gesehen hatte. Sie war zusammengesackt.

Plötzlich wirkte sie schlaff und nicht mehr drall. Ich entdeckte ihr Doppelkinn, die Falten auf ihrer Stirn, ich sah, dass ihre nervösen Finger zu kurz waren und zu dick, dass der Lack auf ihren Fingernägeln Risse hatte.

„Das wird schon", sagte Christiane.

Und Lillian nickte, lächelte sogar. Aber ihr Lächeln verschwand sofort wieder.

„Ich glaube, wir gehen jetzt, oder?" fragte sie uns.

Er nahm die Hand von meinem Knie und winkte dem Kellner.

Wir warteten schweigend auf ihn und zahlten dann schweigend.

Habe ich etwas übersehen? Wir haben bisher zweimal Sex gehabt in der neuen Wohnung. Und nach zweieinhalb Jahren tun wir es immer noch gern. Wir würden die Statistiken der deutschen Haushalte vermutlich verfälschen durch unsere Ergebnisse.

„Wie oft haben Sie Sex im Monat?" Nach Wochenrhythmen fragen sie schon gar nicht mehr.

Wir würden in den Fragebogen eintragen: zwölf bis zwanzig Mal – im Monat. „Wann hat Ihnen Ihr Partner das letzte Mal Blumen gebracht?" Vor vier Tagen, es ist eine Balkonpflanze, das fällt wohl auch unter die Rubrik Blumen, oder? „Wann sind Sie und Ihr Partner zum letzten Mal übers Wochenende weggefahren?" Gut, das ist fast zwei Monate her, wir waren in Potsdam an einem Nachmittag, aber wir sind inzwischen umgezogen, hatten andere Dinge zu tun, also gilt die Frage nicht.

„Macht Ihr Partner in letzter Zeit häufiger Überstunden?" Er arbeitet immer länger. Dafür beginnt er aber später. Manchmal frühstücken wir zusammen unter der Woche. Na gut, wir trinken Kaffee zusammen, denn mittlerweile ist die Ich-hol-schnell-Brötchen-Zeit vorbei. Das wissen wir. Falls einer Hunger hat, gibt es Toast oder Vollkornbrot.

„Wie oft gehen Sie im Monat aus?" Wir gehen manchmal zehn Mal im Monat aus, dann wieder zwei Mal. Wenn es ein Stück von Tennessee Williams gibt, wenn ein Film ins Kino kommt, den wir beide sehen wollen. Wenn es viele Filme sind, probieren wir immer, alle zu schaffen, obwohl wir es nie hinkriegen. Zählt man die Videoabende mit, kommt etwas zusammen. Ballett hassen wir beide.

Nein, der Fragebogen ist unvollständig. Er passt nicht zu uns. Er ist für *Brigitte*-Leserinnen, die zwar permanent unzufrieden sind, es aber brillant verstehen, diese Unzufriedenheit mit der neuesten Frisur, einer neuen Jeans mit verwegen aufgestickten Landblumen und teuren Heilschlamm-Gesichtsmasken zu kompensieren.

Es gibt keine Fragebögen für Schwule. Höchstens dafür, wie schwul man ist. „Wie viele Partner hast du pro Woche?" (Pro Woche, nicht pro Monat!) „Wann war dein letzter Aids-Test?" Ob er positiv oder negativ war, werden sie nicht fragen. „Wieviel Geld gibst du für Kosmetik im Monat aus?" „Wie wichtig sind Pastelltöne für dich?"

Nein, auch dieser Fragebogen ist falsch.

Ich bin zufrieden. Glücklich. Ich war es jedenfalls bis vor zwei Stunden. Bis ich eine Dummheit begangen habe. Ja, es war dumm.

Ich warte jetzt auf die *Tagesschau* oder gehe abermals online oder suche eine CD aus dem Regal aus, die ich seit Jahren nicht gehört habe. Nur, damit die Zeit vergeht, dass ich ein Maß finde, denn ich warte. Ich warte und sehe auf die Uhren. Auf meine Armbanduhr, auf die Anzeige des Videorecorders und auf die Funkuhr in der Küche, die immer noch unentschlossen am Fensterrahmen lehnt. Wein trinken, ein Buch lesen, vielleicht endlich das neue von John Irving, das immer noch in Folie eingeschweißt auf meinem Schreibtisch liegt. Oder eins von dem guten Dutzend, das sich erwartungsvoll neben meinem Bett stapelt, zum Teil noch in der Papiertüte vom *Prinz Eisen-*

herz Buchladen. Christiane könnte ich anrufen oder mit Lillian sprechen, mich bei Freunden melden, die keine mehr sind. Die Zeit wird dennoch nicht vergehen.

Sie vergeht nie, wenn man es will. Es gibt Situationen, da gehen zwanzig Minuten vorbei wie fünf. Am Morgen, wenn ich auf die Uhr sehe, dann einen kurzen Artikel im *Tagesspiegel* überfliege, einen Schluck Kaffee nehme, wieder zur Uhr sehe, sind zehn Minuten weg, verbrannt, fortgerannt. Die Zeit hetzt am Morgen. Sie dehnt sich in der wöchentlichen „großen" Redaktionssitzung, in der jeder seinen Senf dazugeben muss, weil die „große" Chefin dabeisitzt und gnädig nickt. So gnädig man eben nicken kann, wenn man Mitte fünfzig ist und metallicblauen Lidschatten trägt.

Die Zeit kriecht, wenn man wartet, früh um acht, dass Lutz vorbeikommt, um eine schnelle Nummer zu schieben. Die dann, sobald er klingelt, auch wirklich schnell vergeht, weil Lutz auch nicht viel Zeit mitbringt. Das letzte Mal ist ziemlich genau sechs Wochen her. Kurz bevor der Umzugsstress begann.

„Wie oft kommt Ihr Liebhaber bei Ihnen vorbei?" Einmal im Quartal, wenn es hoch kommt, aber das gilt nicht. Er ist kein Liebhaber, nur ein talentierter Dummy für billigen Sex, wie Fast-Food oder eine Werbeunterbrechung. Ein Test-Lutz, der mir zwischendurch bescheinigt, es draußen noch zu bringen, wahrgenommen zu werden und dass ich ebenso auch wieder allein durch diese Stadtwelt ziehen könnte. Lutz ist nur die Idee eines Hintertürchens. Das ist etwas anderes. Oder nicht? Ich kann das trennen, Liebe und Sex. Oder hätte ich ihm davon erzählen sollen? Dass ein Typ ab und an bei mir vorbeikommt und sich austobt, wenn mir nach Austoben ist? Lutz weiß nicht, wo ich jetzt wohne. Ihm ist bekannt, dass wir zusammengezogen sind, aber wohin, habe ich ihm bislang nicht gemailt.

Es gibt einen Fluch, der heißt: *Möge dein größter Wunsch in Erfüllung gehen.* Soweit ich weiß, ist das der böseste jüdische Fluch. Als ich das gelesen hatte, fand ich diesen Fluch genial und dachte daran, wie oft sich Menschen Glück wünschen und sich doch verfluchen, ohne es zu wollen.

Die *Tagesschau* fängt in sieben langen Minuten an. Ich kann hier sitzen bleiben, bis er kommt. Und ich kann darüber hinwegsehen, bis er kommt. Ich werde die Zeit vergehen lassen, mich beschäftigen, versuchen, diesen Film im Kopf abzustellen, nicht mit dem Schlimmsten zu rechnen, alles richtig einzuordnen zwischen Liebe und Sex – bis er kommt.

Ich stand nackt in seiner Küche und starrte auf die Kaffeemaschine, die noch nicht ganz fertig war. Er hatte sie angestellt und duschte gerade. Seine Küche war immer aufgeräumt. Er räumt immer auf, lässt nichts lange herumstehen.

Doch an diesem Samstagmorgen aber hatte er zwei benutzte Tassen auf dem Tisch vergessen.

Er duschte noch, und ich stand mitten in der Küche nackt. Draußen war es schon hell, ich kratzte mich verlegen an der Brust und ging einen Schritt auf den Tisch zu.

„Nein", dachte ich.

Trotz dieses Neins beugte ich mich über die Kaffeetassen. In beiden war noch eine Pfütze, ein Rest. In der einen Tasse muss sich Kaffee mit Milch befunden haben, in der anderen, ich stutzte, schwarzer Kaffee. Er trinkt seinen immer mit Milch. Manchmal nimmt er Zucker.

„Nein", dachte ich, aber in mir arbeitete es schon, die Relais ratterten und klackten, stellten Schaltkreise her, verbanden die noch verschlafenen Areale meines Gehirns, das in den vergangenen Wochen von Glückshormonen in großen Teilen stillgelegt wurde. Es entstanden neue Kombinationen in meinem Kopf.

„Jetzt sind das inzwischen vier Monate", hatte ich am Abend davor gesagt. „Ich hab jetzt schon alle persönlichen Rekorde und Bestmarken gebrochen."

„Dann muss ich meine Rekorde auch brechen", hatte er geantwortet und sich kichernd auf mich gewälzt. „Dauert aber dann ein bisschen länger."

Zwei Tassen, eine mit der Aufschrift *Muckefuck*, die andere mit dem Aufdruck *Moin!* Sicher Geburtstagsgeschenke, die besonders witzig oder persönlich sein sollten.

Er ist nicht unbedingt ein Morgenmensch. Morgens ist er still, sitzt da, trinkt Kaffee, liest Zeitung. Bevor er nicht geduscht hat, spreche ich ihn nicht an, das habe ich ziemlich früh gelernt. Er wurde nicht etwa maulig oder missmutig. Er lächelte nur ganz leicht und entschuldigend, was wohl so viel hieß: Dieser Schalter ist derzeit nicht besetzt.

Auf den Tassen müsste also *Ruhe!* stehen oder *Shut up!*, vielleicht auch *Kiss me later*.

„Mit wem hat er Kaffee getrunken?" fragte mich eine Stimme.

„Er hatte Besuch gestern!" zischte eine andere.

„Das kennen wir doch schon!" quäkte die nächste hämisch.

Nackend in der Küche begann ich zu frösteln. Misstrauisch kontrollierte ich abermals die Tassen.

Er hatte nicht gesagt, dass Besuch da war. Wieso? Aber warum lässt er die Tassen stehen, wenn da etwas gewesen ist? Sollte ich einfach fragen? Wegen so einer Kleinigkeit?

Ich zog mir eine Unterhose und ein T-Shirt an, holte zwei frische Tassen aus dem Schrank und begann den Frühstückstisch zu decken.

„Heute leider keine Brötchen. Toast ist aber da", hatte er auf dem Weg zur Dusche gemurmelt.

Ich stellte die beiden schmutzigen Tassen nicht in, sondern auf den Geschirrspüler, sichtbar und fragend, und vor allem darauf hinweisend, dass ich sie nicht übersehen hatte. Dann steckte ich die ersten beiden Scheiben Weißbrot in den Toaster.

„Soll ich doch noch Brötchen holen?" brummte es plötzlich hinter mir. Es klang entschuldigend und faul.

„Nein, ist doch alles da", hörte ich mich beschwichtigend sagen.

Er setzte sich, nur mit Jogginghose und Unterhemd bekleidet, an den Tisch, fuhr sich mit der Hand über das Gesicht und sagte: „Nee, ich bin noch so knietschig."

„Ja, ich weiß", flüsterte ich und gab ihm einen Kuss auf die Glatze.

Der Toast sprang hoch. Ich legte die Scheiben in das Körbchen und bestückte das Gerät neu.

„Warum hast du denn die Tassen nicht gleich in den Geschirrspüler gestellt?" fragte er, um Geistesgegenwart ringend.

„Ach die", sagte ich, ohne zickig klingen zu wollen.

„Heute gibt es keine Torte, verstanden?" Er versuchte zu grinsen.

„Na gut", sagte ich, schenkte Kaffee ein und stellte den Milchkarton auf seine Tischseite.

Wir hatten am Tag davor Torte gegessen. Marzipantorte und Nusstörtchen von *Leysieffer*. Und wir hatten Kaffee getrunken. Aus zwei Tassen. Auf der einen stand *Muckefuck* und *Moin!* auf der anderen. Bevor ich mich zu ihm setzte, stellte ich die Tassen in den Geschirrspüler. Und ich gab ihm noch einen Kuss und sagte: „Ich lieb dich."

Er brummte eine Erwiderung.

Du bist wieder da.

Aber nur am Telefon.

Du sagst „Hallo?" und es klingt kühl, eingefroren. Deine Stimme ist belegt.

Ich will dich fragen, ob etwas ist, aber ich sage auch nur „Hallo" und warte. Ich will deinen Tonfall ignorieren, ich will glauben, du wärest überarbeitet oder hattest einen Autounfall, sodass ich dich gleich in einem Krankenzimmer besuchen kommen kann. Besorgt und verstört und seltsamerweise auch glücklich. Dass da jemand auf einer Intensivstation liegt, der mich braucht.

„Ich komme heute nicht nach Hause."

Es ist eine Mitteilung ohne Information.

„Wie?"

Ich höre, wie dein Mund trocken wird, wie du schluckst und nach Worten suchst. Rücksichtsvolle Menschen werden mehr gehasst als rücksichtslose.

„Das geht jetzt nicht."

„Du kannst doch nicht ..." Mein Satz hört auf, als ob ein Tonband risse.

„Ich sehe dich morgen. Wir müssen reden."

Worüber? Was ist passiert? Wieso kommst du nicht heute?

Alle diese Fragen schwirren mir im Kopf herum wie zornige Hornissen. Aber keine lässt sich einfangen und auf dich hetzen.

Du legst auf. Es ist vorbei. Und ich werde nicht schlafen, bis du morgen kommst. Morgen früh? Oder erst am Abend?

Ich werde nicht schlafen. Vielleicht sollte ich vor ein Auto rennen.

An diesem Wochenende kam ich am Freitagabend zu ihm, in der kleinen Reisetasche zwei Paar frische Socken, Unterwäsche, zwei Hemden und eine Flasche Wein. Zwar lag auch mein Mobiltelefon immer in der Seitentasche, doch ich fragte nur gelegentlich meine Mailbox ab. Wenn ich bei ihm war, brauchte er mir ja keine SMS zu schicken.

Ich freu mich auf dich, lautete die letzte Mitteilung.

Es dauerte gut zwanzig Minuten von meiner zu seiner Wohnung, aber es schien mir dennoch, als führe ich in eine andere Stadt. Seit Wochen arbeitete ich kaum noch an den Wochenenden, sah, dass ich freitagnachmittags meine Sachen fertig bekam, bereitete die kommende Woche vor, legte die Pläne bereits Mitte der Woche bei Christiane auf den Schreibtisch. Sie schien keinen Anstoß daran zu nehmen. Sie fand immer jemanden für die seltenen und meist sinnlosen Samstags-Pressekonferenzen. Unwichtige Verbände und Vereine, die sich wichtig machen wollen.

Oder eben ein Event. Mit rotem Teppich und regierendem Bürgermeister, wenn man Glück hat, kommen noch ein paar aus Übersee hereingeflogen. Vielleicht bezahlt die Stadt derlei Celebreties für ihre Anwesenheit. Doch das sind die Stunden der Fotografen.

Aber auch er versuchte, sich die Wochenenden freizuhalten. Die Fototermine liegen für gewöhnlich unter der Woche. Unter der Woche kann sich niemand leisten, nicht geknipst zu werden.

Er hat Serien geschossen, auf denen sie alle lächeln, die Herren und wenigen Damen. Sie stehen da und lächeln, immer gleich gekleidet, niemals verwegen frisiert, hinter sich ihr Parteilogo. Nur die Slogans ändern sich.

Die Fotos zeigen, nebeneinandergelegt, eine erschreckende Kälte. Mit jedem Bild wird das Lächeln immer mehr zum Zähnefletschen, wird die Anbiederung zur Drohgebärde, die zur Schau gestellte Siegesgewissheit zum Krampf. Und manchmal zur blanken Angst, um Gottes willen nicht zu verlieren. Wobei auch immer.

Die Frauen schneiden schlechter ab. Es gibt Bilder, auf denen ihre Lippen verkniffen und die Augen halb geschlossen sind, fast schon gewollt ungünstig. Sie geben ein Doppelkinn preis oder einen schiefen Schmollmund, als hätten sie eine zu große Praline im Mund. Es sind gnadenlose Aufnahmen, keine beliebigen, denn er will diese Momente, in denen die öffentlichen Gesichter privat werden und hilflos.

Die Männer sind routinierter, aber sie geben weniger her. Es ist eine erschreckende Leere, die immer noch glatten Gesichter, zerfurcht von Falten, die geschlechtslos wirken. Ein Kandidat wirft einen Seitenblick auf einen Kameramann, kurz muss dieser Augenblick gewesen sein, aber in diesem Bruchteil einer Sekunde, die das Blitzlicht herausschnitt, zeigte sich der wahre Mensch. Ein bösartiger, alternder Mann, eitel und machtversessen, wie ein Designeranzug, den man für einen Moment umgedreht hat und dessen billiges Futter zum Vorschein kommt. Ich hatte das vorher nicht getan, Politiker auf ihr pure Existenz als Mensch zu reduzieren. Und ich erschrak fast.

„Gott, die müsstest du mal ausstellen." Ich war fasziniert. Wir saßen auf dem Wohnzimmerboden, mit Rotwein und Oliven, nur mit Boxershorts bekleidet.

Er schüttelte den Kopf und sah in eine weitere gewissenhaft nummerierte Tüte, die ich nie im Traum anfassen würde, um ja nichts durcheinander zu bringen.

„Eigentlich ist das der Abfall. Ich hab mir nur angewöhnt, alle entwickeln zu lassen. Ich kann mich nicht davon trennen irgendwie."

Ich lächelte ihn an, weil ich es verstand. Wie kurzlebig unsere Arbeit ist, wie oft wir immer wieder von vorne anfangen, weil nichts Bestand hat, weil immer etwas Neues passieren muss, ob es nun neu ist oder kalter, aufgekochter Kaffee. Nur die Vergesslichkeit der Leute hat wirklich Bestand, ist kontinuierlich, und wahrscheinlich ist diese Vergesslichkeit der wirkliche rote Faden der Politik.

„Du müsstest die Bilder an deine Redaktion schicken. Auf Seite Eins, die Kandidatengrimassen."

„Manchmal passiert so was", nickte er. „Wenn jemand totgeschrieben werden soll, dann nimmt man die weniger vorteilhaften Bilder."

Ich sah ihn fragend an.

„Zum Beispiel die da." Er zeigte auf sieben nebeneinander liegende Fotos einer Politikerin, die aus dem Osten kam. „Als die noch keiner ernst nahm, hat nur jeder die Trutsche gesehen, das fette, kleine Mädchen, das sich beim Kanzler hochgedient hat. Gedient – zum Hochficken fehlt der ja leider die Ausstattung, dachte jeder. Und nun?"

Er griff nach dem halbvollen Glas und nahm einen Schluck. „Nun hat man sie nur noch Hochglanz. Immer einigermaßen gut getroffen. Vor zwei Jahren hat sich jeder einen Spaß daraus gemacht, die auf dem linken Fuß zu erwischen. Sie hat dabei auch kräftig mitgeholfen." Er stellte das Glas zurück, änderte seine seitliche Position in einen Schneidersitz. „Aber wenn ich die heutzutage so in die Zeitung setzen würde, dann hätte sich das ganz schnell für mich."

„Aha", sagte ich befremdet.

„Ja, aha. Man kann zwar alles machen und sagen, aber nicht alles drucken und schreiben."

„Ich weiß", bestätigte ich, als wäre ich gerade aufgewacht. Auch ich beschrieb Schokoladenseiten, die mir vorgehalten wurden. Früher wollte ich Reportagen machen, einen anderen Blick entwickeln, dorthin sehen, wohin sonst keiner einen Blick verschwendet. Aber dann geriet ich ins Tagesgeschäft, an die Geschichten, die in zwei Tagen recherchiert, an einem gelesen und am nächsten vergessen werden. Kein Nachschlag, keine zweite Folge. Aus den Augen, aus dem Sinn. Nur dass ich kein Archiv für meinen Abfall habe.

Ich legte mich auf die Seite und stützte mich auf.

„Wir kriegen das alles nur nicht mit, weil der ganze Mist uns abstumpft." Er sortierte ein paar Abzüge wieder ein, prüfte, ob die Beschriftung der Umschläge stimmte.

„Aber so eine Ausstellung wäre doch nicht schlecht."

Er zuckte mit den Schultern und fuhr sich über die Haarstoppeln. Sie waren frisch getrimmt. Immer freitags trimmte er sie, bevor ich kam. Manchmal sah ich noch ein paar Stoppeln auf dem Badewannenrand. Diese Kleinigkeiten haben mich immer betört.

„Vielleicht mach ich mal eine. Wenn ich woanders arbeite. Jetzt könnte es leicht daneben gehen."

„Vielleicht in einem Satiremagazin. Du könntest unter Pseudonym veröffentlichen."

Er lächelte und schüttelte wieder den Kopf.

„So was spricht sich schneller rum, als du denkst."

„Na gut." Ich wand mich und kroch auf allen Vieren zu ihm hin, legte meinen Kopf in seinen Schoß, neben mir die Bilder, über mir sein Gesicht.

In diesem Moment fragte ich mich, warum ich gerade diesen Beruf gewählt hatte.

„Was machen wir da eigentlich?" fragte ich ihn.

„Wir machen unsere Arbeit."

„Sicher. Aber manchmal komm ich mir fast schon wieder wie im Osten vor."

„Wie?"

„Die alten Säcke haben alles gemacht, um von der ganzen Scheiße abzulenken. Die haben einen auch noch gezwungen, in ihrem Paralleluniversum zu leben. Oder jedenfalls so zu tun. Jetzt lenkt keiner mehr ab. Die alten Männer hinterziehen nebenbei ein bisschen, lassen sich bestechen und werden manchmal sogar erwischt. Dann wächst Gras drüber, und das Verfahren wird eingestellt. Alle kriegen das auch mit, aber es ist egal."

„Ach", sagte er, als wollte er mich beruhigen.

„Die Parteitage sind inzwischen auch neunundneunzigprozentig Jubelveranstaltungen. Ich sag dir, das ist genau wie im Osten."

Er beugte sich zu mir und gab mir einen Kuss.

„Und was hilft uns das?" flüsterte er und lächelte.

„Ich weiß nicht. Vielleicht ist es eh immer derselbe Mist."

Ich küsste zurück. Und ich kehrte zurück. Denn auch wir hatten uns inzwischen eine eigene Realität gebaut, in die wir an den Wochenenden flüchteten. Vielleicht war das eine Lüge, aber dieses Abkapseln, dieses Zusammensein genoss ich so, dass ich vergaß, nach der Stabilität der Kulissen zu fragen. Wer tut das schon?

„Hast du noch andere Bilder?"

„Ja", sagte er, „aber nicht heute. Die gucken wir ein andermal. Mag heute nicht mehr."

„Christiane hat gesagt, du hast damals die alten Osthäuser fotografiert."

„Ja, habe ich."

„Warum?"

Er lachte kurz auf, legte seine Hand an meine Wange und sah mich an.

„Ich weiß nicht. Erst waren's die Spuren, die alten verwaschenen Schriften. ‚Kolonialwarenladen' und so. Aber irgendwie habe ich gedacht, dass ‚Konsum' und ‚Vitaminbasar' ja genauso schnell verblassen. Ich habe das immer nebenbei gemacht, wenn ich mit Phil unterwegs war. Und so ein Ami fragt viel. Die gucken sich das anders an. Und ich hab's dann auch anders gesehen. Da ist eben eine Serie draus geworden. Aber veröffentlicht hat die niemand. Christiane hat sich damals dafür interessiert, aber die Zeitung nicht. Das war zu frisch."

„Mach doch einen Fotoband."

„Du lässt wohl nicht locker. Mal sehen. Vielleicht interessiert es mal jemanden. Aber jetzt nicht. Und ich will auch mal was Nutzloses machen. Einfach so. Ohne dass ich das jemandem zeigen muss, ohne dass jemand seine Meinung dazu sagt oder dran rumkrittelt. Das ist alles meins. Und vielleicht mache ich irgendwann einmal etwas damit, vielleicht auch nicht."

„Machst du mal Bilder von mir?"

Er streichelte mich weiter, küsste mich nachsichtig auf die Stirn.

„Ja, aber …" Er zog die Stirn kraus.

„Was aber?"

„Ich mache immer erst Bilder, wenn ich Angst habe, dass es vorbeigeht. Komisch, nicht?"

Ich sah ihn fragend an. „Dann muss ich also aufpassen. Wenn du mich fotografierst, bin ich schon das Auslaufmodell."

Er lachte. „Nein. Ich werde schon noch Bilder von dir machen. Aber später." Er küsste mich und flüsterte: „Wir haben doch Zeit."

„Ja."

Er hielt meinen Kopf fest, als wir uns küssten. Er ließ mich vorsichtig auf den Boden sinken, löste seinen Schneidersitz und legte sich auf mich. Wir hielten uns nur fest.

Sein Kopf lag an meinem Hals. Ich sah an die Decke. In unserer Welt hatten wir nicht bemerkt, dass es draußen dunkler geworden war.

Samstagmorgen. Bei ihm schlief ich länger und ruhiger. In sein Schlafzimmer schoss das Morgenlicht längst nicht so heftig wie in meines. Er war schon wach, ich hörte ihn in der Küche hantieren. Selbst das wirkte auf mich wie die Worte eines Hypnotiseurs. Ich glaubte sie nicht, und dann fing ich an, dieser Trance nicht zu misstrauen, sondern sie zu genießen. Egal, was ich tat oder was mir die Stimme befahl zu tun. Ich sah nicht auf den Wecker auf dem Bord über mir. Er hat keinen Nachttisch, deshalb dieses Brett über dem Bett, an dem man sich gut und gern den Kopf stoßen könnte. Bücher liegen darauf und das Brillenetui. Ja, er hat eine Lesebrille. Eines dieser randlosen Modelle. Ich entdeckte es zufällig, und er bemerkte meinen Blick.

„Ja, so ist das", sagte er gedehnt.

„Setz mal auf."

Er griff über sich und nestelte sie heraus, dann sah er mich an. Ernsthaft. Er begann mit sonorer Nachrichtenstimme zu sprechen: „Berlin. Der Bundeskanzler hat auf dem SPD-Parteitag bekräftigt …"

„Cool."

Er sah so schön aus. Vielleicht machen Brillen verletzlich. In der Schule sahen die, die immer eine Brille trugen, ohne sie nackt und hilflos aus. Er wirkt mit Brille etwas unbeholfen. Etwas schwächer.

Ich winkte: „Hallo, jetzt siehst du mich mal richtig."

„O Gott. Du bist das!"

„Okay, nimm sie weg, sonst rennst du mir noch davon. Dann fällst du hin, und deine gute Brille geht kaputt. Dann hast du den Salat."

„Yep!"

Wir lachten und fielen übereinander her, nachdem er die Brille wieder sorgfältig im blauen Etui verstaut und neben den Bücherstapel gelegt hatte.

„Noch fünf Minuten", dachte ich. Fünf Minuten eingekuschelt liegen. Ich nahm sein Kissen und drückte mein Gesicht hinein. Es roch nach ihm. Ich könnte diesen Geruch nicht beschreiben, aber ich würde ihn unter hundert Gerüchen herausfinden.

Hinter mir ging die Tür, ich hörte leise Schritte, er trug nur Socken. Er legte sich auf mich. Ganz, ohne sich abzustützen.

„Morgen", flüsterte es an meinem Ohr.

„Mh." Es sollte unwillig klingen.

„Aufstehen, Dornröschen." Er schmatzte mir nass auf die Backe. „Und putz dir die Zähne."

„Morgen."

Wir strahlten uns kurz an.

„Los jetzt, es ist halb zehn, und wir müssen zur Mutti."

„Zu welcher Mutti?"

„Zu meiner Mutti. Überraschung! Und jetzt raus."

Ich setzte mich erschrocken auf.

„Ich hab doch nichts anzuziehen für eine Mutti!"

„Quatsch!" rief er aus der Küche.

Mutti. Wir hatten über unsere Mütter gesprochen. Über meine in Schwerin und über seine in Magdeburg. Väter haben wir beide nicht. Meiner lief Mutter davon. Ein Soldat, der in der Nähe stationiert war, den sie, soweit ich weiß, nie wiedergesehen hat. Er überwies wohl die Alimente. Aber mehr nicht. Mutter und ich waren etwas Besonderes. Ich war das einzige Kind ohne Vater in der Schule. Und Mutter war die einzige Frau ohne Mann weit und breit. Ich weiß nicht, wie sie es geschafft hat, aber mir wurde nie ein Onkel vorgestellt. Ihre beiden Schwestern wollten nicht viel mit uns zu tun haben. Kaum jemand wollte das.

Meine Mutter arbeitete in der Küche eines Großbetriebes. Sie war Köchin und musste in Schichten arbeiten. Ich war nach der Schule meist allein zu Hause, schon in der ersten Klasse. Sie schickte mich nicht in den Hort. Ich wärmte mir mein Essen auf, machte Schularbeiten und las. Oder ich spielte mit meinen Indianern, baute sie im kleinen Wohnzimmer auf, ließ sie aus den Bergkuppen der beiden Sessel, aus dem Canyon zwischen Couch und Tisch angreifen, so dass die zwei Dutzend Cowboys keine Chance bekamen. Sie waren eh im Unrecht. Sie mussten verlieren. Meine Indianer gewannen immer.

Sie kam heim, sah sich das Durcheinander an und sagte: „Nu räum das mal wech, dann mach ich Abendbrot." Sie rollte das R. Ich habe es mir abgewöhnt beim Studium.

Ich ging alleine ins Kino, wenn die Filme mit Gojko Mitic gezeigt wurden, und rannte dann heim wie die

Chingachgook, die Große Schlange, oder wie Tokei-ihto aus *Die Söhne der Großen Bärin*.

Ich war kein Kind, das gehänselt wurde. Alle hielten Abstand, als hätte ich eine Krankheit, als wäre es ansteckend, unehelich zu sein. Damals habe ich es nicht durchschaut. Ich habe es hingenommen.

Meine Mutter habe ich seit Jahren nicht gesehen. Sie wollte es nicht. Als die Diagnose kam, bereitete sie alles vor, verkaufte nach und nach ihren Hausrat, schrieb ein Testament, suchte sich ein Heim aus. Alles ohne mich. Vielleicht wollte sie allein sein ihr Leben lang.

Sie hielt mich nie zurück, wenn ich gehen wollte. Sie sagte nie „Komm doch mal wieder" am Telefon. Wenn ich kam, war ich da. Als ich studierte, studierte ich eben, als ich nach Berlin zog, zog ich eben nach Berlin. Sie wünschte mir viel Glück, aber sie gab nie zu verstehen, dass es ihr vielleicht lieber gewesen wäre, wenn ich in ihrer Nähe geblieben wäre.

Als ich sagte, ich sei schwul, dann war ich es eben.

„Ich hab's mir fast gedacht", sagte sie. Ohne Bitterkeit, ohne ein Anzeichen von Bedauern.

Es klang wie: „Du machst das schon."

Sie liebte mich, das wusste ich immer. Ich hätte es ihr nie gesagt, so wie sie es mir nie groß gezeigt hat. Und doch hatte ich nie das Gefühl, etwas vermisst zu haben. Wir zwei waren eben eine Familie ohne Vater, ein Organismus, dem ein Stück fehlte, und genau so sah man uns wohl. Wir schlugen uns durch. Ich konnte ihr nicht helfen, und sie konnte mir keine Hilfe sein. Wir hätten uns genau das vorwerfen können, wie es andere tun. Vielleicht haben wir das beide ziemlich früh durchschaut.

Vor sieben Jahren schrieb sie einen Brief. Es war der einzige, den sie mir je schickte. Auch er war sachlich. Sie machte keine Umschweife. Sie ließ auch keinen Zweifel daran, dass sie mir vertraute, dass sie wusste, ich mache meinen Weg. Deswegen verzichtete sie auf Floskeln. „Mein Junge", schrieb sie.

Das war das einzige Zeichen.

Es fing wohl an, dass sie vergaß, wo sie ihren Schlüssel hingelegt hatte, dann fand sie im Supermarkt das Mehl nicht, später vergaß sie, dass sie Mehl brauchte, dann was Mehl ist, und einmal hat sie wohl nicht mehr den Weg zurück zur Wohnung gefunden. Ich besuchte sie einmal im halben Jahr, blieb zum Mittagessen und fuhr am späten Nachmittag nach Berlin zurück. Und es war mir nicht aufgefallen. Sie war alt geworden. Sie brauchte einen Stock.

Sie ging zum Arzt. Und er sagte: Alzheimer.

Und dann schrieb sie mir den Brief. Sie wolle mich nicht mehr sehen. Sie wolle mich nicht sehen, weil sie Angst hatte, mich wohl nicht mehr zu erkennen. Weil sie dann nicht mal mehr wisse, wer sie sei, und dass sie es jetzt schon manchmal nicht mehr wisse.

Im Brief lag ein Sparbuch, das auf meinen Namen ausgestellt war. Der letzte Eintrag trug das Datum des Briefes. Bis jetzt habe ich es nicht angerührt. Nur die Zinsen lasse ich eintragen jedes Jahr.

Der Badezimmerspiegel war beschlagen, er hatte also schon geduscht. Ich wischte mit der flachen Hand ein Stück frei. Ich sah mich an. Nein, getrauert hatte ich noch nicht um sie. Sie lebte noch. Ich wusste, in welchem Heim sie untergebracht war und dass man mich benachrichtigen würde.

Ich hatte es ihm erzählt. Nicht detailliert, aber in den Grundzügen.

„Würdest du sie sehen wollen?" fragte er.

„Ich weiß nicht. Vielleicht." Aber ich schüttelte den Kopf. „Wenn sie das nicht will, dann kann ich das nicht machen."

Er nickte, aber er verstand es wohl nicht. Das spürte ich. Er hielt mich möglicherweise für herzlos und für kalt. Vielleicht hielt man meine Mutter früher auch für herzlos und kalt. Aber wäre sie anders gewesen, hätte man sie in Raten zerstört, und mich gleich mit.

Ich putzte mir die Zähne und duschte mich auch gleich.

Der Tisch war schon gedeckt, und er schenkte mir Kaffee ein, als ich in die Küche kam.

„Na, frisch?"

„Ja, frisch." Ich setzte mich. „Hast du extra Brötchen geholt?"

„Bin eh schon lange wach, das ist schon die zweite Kanne Kaffee." Er deutete gespielt vorwurfsvoll auf die Kaffeekanne.

Ich rieb mir die Hände. „Geil."

Wir frühstückten.

Über seine Mutter wusste ich nicht viel. Außer, dass sie Hausfrau gewesen ist und nebenbei geschneidert hat. Änderungen für Bekannte und deren Bekannte. Damit verdiente sie etwas nebenbei. Sein Vater war Kombinatsdirektor. Kurz vor der Wende starb er. Ein Herzanfall.

„Komisch", sagte er, als er es mir erzählte. „Das hat mich gar nicht berührt. Er war eh nie da. Und wenn er mal zu Hause war, hat er nur gemeckert. Eine richtig rote Socke noch dazu."

Ich sah ihn an und dachte, wie ich mich fühlen könnte, wenn man mir die Mitteilung ihres Todes machen würde. Ich wusste es nicht.

„Wann müssen wir los?"

„Gemach. Reicht, wenn wir so um Mittag fahren."
„Hm."
„Was hm?"
„Weiß deine Mutter, dass ich mitkomme?"
„Klar. Hab ihr doch schon von dir erzählt."
„Ach. Was denn?"
„Dass du darauf brennst, nach Magdeburg zu fahren."
„Dann ist es ja gut."
„Ja."

Wir schlichen durch den Morgen, frühstückten, saßen noch lange am Tisch, tranken den Kaffee leer und unter dem Tisch streichelten seine Füße meine.

„Langsam müssen wir dann doch." Er sah auf die Uhr und runzelte die Stirn. „Lust hab ich eigentlich keine. Schon gar nicht aufs Autofahren."

„Zum Autofahren brauchst du die Brille, oder?"

Er nickte nach einer kurzen Verzögerung.

„Gut." Ich ging ins Schlafzimmer und holte das blaue Etui.

„Du bist grausam", sagte er, als ich sie vor ihm auf den Tisch legte.

„Du machst dir sonst die Augen kaputt, Junge."

„Hör auf, wir haben heute noch genug davon. Also, mach mir hier nicht die Mutti!" Er lachte, und ich lachte zurück.

Eine Siedlung mit Einfamilienhäusern, dazwischen ein paar Sechsfamilienblocks, dann wieder kleine Bungalows, gedrungen, mit dunkel gestrichenem Holz umrahmt. So stellte man sich vor dreißig Jahren Luxus vor. Dann wieder neugebaute Häuser, mit Klinkern versehen, die Fenster zu groß und die Haustüren zu protzig und doch billig. Überall weißer Kunststoff, gewölbte Scheiben. Tiefergezogene Dächer wie Mützen bei Regen, die im Osten so beliebten Berliner Fenster, die kein Fensterkreuz, nur eine senkrechte Strebe haben, dahinter Pflanzen wie aus einem Parteibüro.

„O Gott", sagte ich. „Hier?"

Er nickte. Wir waren nicht lange gefahren, nur etwa anderthalb Stunden. Die Stadt erschien nach der Autobahnabfahrt, ein Spalier von Plattenbauten, die sich mit Einkaufszentren abwechselten, zwischendurch Baumärkte und Tankstellen, leere Flächen und wieder Häuserblocks. Manche Städte heißen einen willkommen. Man fährt hinein und weiß sofort, dass man wiederkommen wird. Irgendwie. Aber hier?

„Hat auch schöne Ecken", sagte er hämisch und deutete dorthin, wo zwei Türme in die Luft ragten. „Den Dom zum Beispiel." Dann lachte er und schüttelte den Kopf.

„Hier war ich noch nie", sagte ich entschuldigend.

„Du hast nichts verpasst."

„Nun gut, Schwerin hat auch nur das Schloss, und dann ist eigentlich Ruhe. Ach ja, der See. Ist schon hübsch, aber langweilig."

„Und das hier ist langweilig und nicht hübsch."

Wir besahen uns die Stadt durch die Scheiben. Ich dachte an Skinheadüberfälle. Aber ich wischte den Gedanken fort, ich wollte diesem Flecken Erde nicht Unrecht tun. Ein paar Fernsehbilder, ein, zwei Zeitungsartikel reichen nicht.

Vor einem Flachbau hielten wir. Es war einer der Bungalows, grau verputzt, die Fensterrahmen dunkelbraun. Das Ensemble wirkte wie der Eingangsbereich einer KGB-Dependance. Wie ein steingewordenes Déjà-vu. Im kleinen Vorgarten eine braunstichige Blautanne. Geld müssen seine Eltern gehabt haben. Und offenbar lebte die Witwe immer noch nicht schlecht. Kombinatsdirektor. In meiner Erinnerung sahen derlei Funktionsträger alle gleich aus. Goldgerahmte Brillen, graue, nach hinten gekämmte Haare oder Strähnen, die quer über die Glatze drapiert waren. So sahen die alten Ost-Yuppies aus, die jungen trugen Safarihemden und Mittelscheitel. Ich fröstelte.

Die Haustür hatte Butzenscheiben, neben dem Fußabtreter standen Gartenschuhe. Ich stellte mich neben ihn und zupfte mein Hemd glatt. Er lächelte und nickte mich anerkennend an.

„Keine Angst", sagte er.

Aber ich hatte keine Angst, jedenfalls nicht mehr. Ich war nur gespannt auf die Kombinatsdirektorwitwe, die er nicht öfter als zweimal im Jahr besuchte, die gelegentlich anrief, ansonsten aber meist auf Bustouren unterwegs in Tirol, an der Nordsee oder im Schwarzwald war.

Dann drückte er auf den Messingknopf, der aus einer verschnörkelten, polierten Messingplatte ragte. Aus dem Innern des Hauses erklang ein entferntes Ding-Dong. Drinnen ging ein Licht an, das schrumplig und gelb in den Butzenscheiben schimmerte.

Sie muss eine schöne Frau gewesen sein. Das war mein erster Gedanke, als die Tür aufging und seine Mutter in voller Pracht vor uns stand. Stattlich, etwas füllig, aber nicht fett. Obwohl sie weit über sechzig sein musste, ragte uns ihr Busen fest und etwas spitz entgegen. Sie trug ein rotes Strickkleid und ein dunkelblaues Seidentuch um den Hals. Sie war geschminkt, die Brauen dick nachgezogen, der Mund dunkelrot, sorgfältig frisiert, mahaghonifarben getönt und trug ein Ungetüm von Brille. Ein Goldgeschnörkel zog sich von Ohr zu Ohr, wand sich über ihre Stirn wie eine Reihe hebräischer Buchstaben. Doch da sie Plastik-Ohrclips trug, die einen Stich dunkler waren als das Kleid, wirkte ihre imposante Erscheinung etwas billig.

„Das ging aber schnell." Sie ließ sich von ihm einen Kuss auf die Wange geben, die sie ihm fordernd, aber auch vorsichtig hinhielt.

Er stellte mich vor. Sie streckte mir ihre Hand entgegen. „Freut mich", herrschte sie mich an. „Nun kommt rein."

Sie ging voraus durch den langen Flur ins riesenhafte Wohnzimmer. Es sah aus wie in dem Theaterstück *Die Glasmenagerie*, aber in den Farben der DDR. Glas überall. In allen Schattierungen und Herstellungsarten: dick, geriffelt, dünn, verdreht, klar, verschwommen, mundgeblasen, gezogen, gepresst oder gegossen. Hauchdünne, riesenhafte Kognakschwenker, zickige Sektflöten, Vasen in allen Formen, mit spindeldürren Hälsen und genoppten Bäuchen, Schalen mit rüschigen Rändern, nutzlose Gläschen mit nutzlosen, weil viel zu dünnen Griffen. Das alles stand überall. In der Schrankwand, auf Regalen, Simsen, Fensterbrettern, auf Häkeldeckchen und Untersetzern.

„Setzt euch", sagte sie barsch und wies auf den gedeckten Kaffeetisch, der mit einem kobaltblauen, üppig mit wahllosen Goldklecksen übersäten Service gedeckt war. Auch die Kuchengabeln waren mit Gold verziert.

Ich sah mich staunend um. Es flirrte vor meinen Augen. In diesem Riesenraum war dennoch kein Platz. Falsche Balken, buschige Grünpflanzen auf Blumensäulen, Sessel, eine Couch, ein schwerer Couchtisch mit gedrechselten Füßen, drei Beistelltische, die halfen, das Glas zu tragen, sogar ein Kamin war da. Die Glasfront zur Terrasse war mit dichten Vorhängen getarnt. Es war zu viel, zu viel von allem.

Vielleicht bemerkte er mein Schweigen, sah, dass ich mich sattgesehen hatte auf den ersten Blick.

„Er hat den ganzen Schrumms von seinen Dienstreisen mitgebracht." Er deutete auf ein Bild, um das sich eine Art Zimmerwein rankte. Ein bleichgesichtiger Mann, nicht unattraktiv, etwas fleischig, aber ihm nicht unähnlich.

„Du hast seine Augen", flüsterte ich. Dass die seines Vaters müde wirkten auf dem Bild, erwähnte ich nicht.

Er nickte.

Ich verstand plötzlich, warum seine Wohnung so karg eingerichtet war, warum nirgends etwas stand, das da nicht hingehörte, das nicht einen Grund gehabt hätte, eben da zu stehen. Hier hatte offenbar nichts einen Grund. Die ganzen Sachen, die früher teuer bezahlt werden mussten, standen herum, weil sie da waren. Weil sie alles waren, was dieser Frau von ihrem Mann geblieben war. Möglicherweise wäre es ihr zuviel gewesen, diesen Hausrat aufzulösen und Platz zu schaffen. Und vielleicht machte ihr zu viel Platz Angst.

Sie kam zurück, schenkte uns aus der zu den Tassen passenden Kaffeekanne, der sie einen Schaumgummi-Tropfschutz um die Tülle gespannt hatte, ein.

Sie setzte sich.

„Der Kuchen ist von *Bofrost*. Ich bin gar nicht zum Backen gekommen. Übermorgen geht's doch los in die Lüneburger Heide." Sie klang etwas genervt, wie eine leicht überlastete, aber bis auf die Knochen akkurate Chefsekretärin.

„Wie war Italien?" fragte er.

Sie zog den roten Mund zu einer Schnute, nickte trotzig und sagte: „Ein Gedicht! Müsst ihr mal hin. Unbedingt."

Sie streifte sich die Ärmel hoch.

„Und bei euch?" Es klang, als hätten wir uns schon dutzende Male gesehen. Mir gefiel ihre Art. Sie war vielleicht nicht freundlich, aber strahlte eine Selbstverständlichkeit aus, war barsch, aber wirkte keineswegs lieblos.

„Geht. Viel Arbeit", sagte er.

„Sei froh, dass du welche hast", wies sie ihn zurecht, dann sah sie mich an, ganz genau, ohne mit einer Wimper zu zucken: „Und was machen Sie?"

„Ich schreibe."

„Oha, da passt ihr ja zusammen, ihr zwei Hübschen." Sie lachte auf, kurz und abgehackt. „Ich bin Marianne übrigens." Sie zwinkerte mir wohlwollend zu wie ein General einem eben beförderten Soldaten.

Nein, sie war nicht angsteinflößend. Ich hatte mir eine zartere Frau vorgestellt, etwas hochnäsig vielleicht. Die Vorstellung, dass Marianne Hausfrau gewesen ist ihr Leben lang, passte nicht. Vielleicht hat man sie immer unterschätzt. Und möglicherweise war es ihr recht.

„Und du hast Arbeit?" sprach sie bestimmt.

Ich nickte.

„Na dann. Heutzutage muss man da aufpassen."

„Mutti", sagte er nachsichtig und doch warnend. „Wir kriegen das schon hin."

„Ist ja gut", erwiderte sie düpiert und warf mir dann ein „Ich bin in der PDS" an den Kopf. „Da muss ein bisschen Wahlwerbung drin sein."

Doch bevor ich oder er etwas sagen konnte, schoss die nächste Kugel aus ihr heraus: „Aber nicht mehr lange. Das hat sich auch bald, wenn die so weiter machen." Dann zeigte sie auf die Torte. „Langt zu, sonst verdirbt die, ich schaffe das alleine nicht bis Montag."

Es war weniger ein Gespräch als ein Austausch von Sätzen. Sie war stolz auf ihn, das sah ich ihr an, aber sie tat so, als müsste sie es verstecken. Sie musste schön gewesen sein und vielleicht bezaubernd, ja, sie war eine bezaubernde und charmante Person.

Und ab und an schimmerte das noch durch.

Ich mochte sie.

Wir blieben etwa zwei Stunden. Er zeigte mir die Dunkelkammer im Keller und sein Zimmer, während Marianne das Geschirr spülte.

„Dieses Service hat noch keine Spülmaschine von innen gesehen, schon gar keine westdeutsche", hatte sie mit einem kurzen Lacher hintendran getönt.

Auch sein Zimmer war wohl noch so, wie er es verlassen hatte. Eine Liege und ein Stück Schrankwand, wie man sich damals eben ein „Jugendzimmer" vorzustellen hatte. Alles hell furniert, aber leblos. Keine Plüschtiere, keine Gitarre, kein Poster an der Wand. Nur ein Pokal und eine Urkunde.

AG FOTO
1. Platz beim
Pionierwettbewerb
„Unsere sozialistische Heimat"

Er sah sich kurz um, wollte mir nur die Stationen zeigen, die er passiert hatte, um sie schnell abzuhaken.

„Wir müssen dann wieder weg", sagte er und schob mich aus dem Zimmer.

Er hatte sich nichts anmerken lassen und auch kein Wort über seine Mutter verloren. Ich hatte nicht das Gefühl, dass sie ihm peinlich war. Wenn sie ihm näher gewesen wäre, dann könnte es so sein. Aber wie wir unsere Welt hatten, in der gerade alles schön war und neu, lebte sie wohl in der ihren. In diesem Flachbau, der nur noch ein Echo war, das Reservat, in das sie ihre Vergangenheit gesperrt hatte, um immer zurückkehren zu können.

„Ich hoffe doch, man sieht sich wieder", sagte Marianne an der Tür zu mir. Sie sagte es nicht abschätzig.

Diesmal gab sie ihm einen Kuss auf die Wange.

„Ich rufe an, wenn ich wieder aus der Lüneburger Heide zurück bin. Fahrt vorsichtig."

„Auf Wiedersehen", sagte ich, da fiel die Tür schon ins Schloss.

„Tja", sagte er, als wir im Auto saßen.

„Alles klar?"

„Was soll ich sagen? Du hast das Elend ja gesehen."

„Es ging doch. Ich möchte da nur keine Wohnungsauflösung machen müssen." Wir grinsten uns an. Dann schaute er wieder auf die Straße. Er fährt gut Auto. Ich fühlte mich sicher.

„Manchmal habe ich das Gefühl, sie hängt in einer Zeitschleife. Als ob sie die Jahre seit der Wende gar nicht wahrgenommen hätte."

Er bedeutete mir, ihm eine Zigarette anzuzünden.

„Erst starb Vati, dann kam gleich die Wende. Und aus war's mit den Nächten in Berlin, wo er auf dem Parteitag seine Reden geschwungen hat und sie sich im Palast Hotel gratis mit Ginger Ale vollschütten konnte. Eigentlich war sie nicht einmal richtig rot. Ihr hat der Lebenswandel nur gefallen. Und dass sie alles gekriegt hat, bloß weil sie mit ihm verheiratet war. Alle haben gebuckelt. Sogar beim Metzger und beim Bäcker. Und selbst wenn du das nicht willst, wenn dir das peinlich ist – irgendwann gewöhnst du dich dran."

Er machte eine kurze Pause. Er setzte den Blinker zur Autobahnauffahrt und trat aufs Gas, um vor einem LKW einzufädeln.

„In der Schule war es die Hölle. Ich hatte nicht soviel davon. Ich war die Rote Socke. Die anderen haben mich zwar nicht gemobbt, aber gemieden hat man mich. Ich war froh über die Wende. Und dass ich aus Magdeburg weggekommen bin. Aber sie hat die Kurve nicht mehr gekriegt. Plötzlich war sie dann nicht mehr die Gattin. Ich glaub, ein paar Nachbarn schneiden sie heute noch. Obwohl in der Siedlung die IMs ziemlich dicht beieinander gewohnt haben."

„Aber es geht ihr doch ganz gut. So auf den ersten Blick", sagte ich.

„Geht's ihr auch. Viel zu gut geht's der. Zu Weihnachten oder zum Geburtstag schenkt sie mir nur noch Geld. Ganz schöne Summen. Früher hat die mich mit Taschengeld so kurz gehalten." Er zeigte einen Abstand mit Daumen und Zeigefinger. „Sogar beim Studium hat sie geknausert. Aber jetzt, wo ich selber ziemlich gut verdiene, schmcißt sie es mir hinterher."

„Schadet ja nix."

„Nö, schadet gar nix", lachte er. „Manchmal denk ich, sie macht das, damit ich mir keine Sorgen um sie mache. Oder um eine Bestätigung zu haben. Indirekt. Wir haben uns nie groß unterhalten. Auch nicht über Vater. Ich glaube, er war ein ziemlich großer Arsch. Aber was soll's? Ich habe kaum was von ihm mitgekriegt. Und sie hat die perfekte Gattin auch nur gespielt, wenn ich mir das recht überlege."

Ich hörte ihm zu, weil ich spürte, dass er all das sagen musste, auch wenn er es mehr für sich tat, nicht meinetwegen.

Ich hatte immer die Ahnung, dass, wenn mich die Nachricht vom Tod meiner Mutter erreichen würde, mich mein schlechtes Gewissen einholen könnte. Dass ich es mir doch vorwerfen würde, sie nicht noch einmal besucht zu haben, auch ohne ihr Wissen.

„Es ist gut. Sie nervt wenigstens nicht. Ich bin schon froh, dass sie langsam von diesem Polit-Trip runterkommt. Sie wollte vor ein paar Jahren sogar fürs Stadtparlament kandidieren."

„Und?"

„Nichts. Sie hat wahrscheinlich die Sparbücher und Konten durchgezählt. Von wegen für die entrechteten, armen Ostler kämpfen und selber keine Probleme haben! Das hat die Dame wohl ein bisschen beschämt. Und jetzt gibt sie ihr Geld aus."

„Da erbst du nur das Glas."

„Das wird wohl so werden." Er sagte das ernsthaft und setzte ohne Häme hinzu: „Das Zeug könnten wir an unserm Polterabend zerklingeln."

„Ja", sagte ich nach einer Pause, fuhr ihm mit der Hand über den Kopf und ließ sie in seinem Nacken liegen. „Das gibt ein Fest."

„Ja."

Wir schwiegen kilometerweit, und es war schön.

Am frühen Abend waren wir zurück. Weil der Nachmittag so schnell vergangen war, schien es, als wären wir gar nicht weggewesen.

Mich beeindruckte sein Gleichmut, was seine Mutter betraf. Wie viele leiden unter ihren Müttern, ihren Urteilen, ihrer Bevormundung und ihren Sorgen. Christiane spricht mit ihrer seit Jahren nicht mehr. Wir beide haben vielleicht Glück mit unseren Müttern, die uns mit Schuldkomplexen bislang verschonen.

„Was machen wir jetzt?"

„Hm", sagte er und sah auf die Uhr. „Wie wäre es, wenn wir einfach nichts machen?"

„Das hätte ich auch grad vorgeschlagen. Nichts klingt gut."

Wir holten eine Flasche Wein, kuschelten uns auf die Couch und zappten durch das Samstagabendfernsehprogramm.

Caroline Reiber, Heidi Kabel, Linda de Mol, Hauff und Henkler, Manfred Krug.

„Hilfe!" wimmerte ich.

„Ja, ich weiß."

Ich legte meinen Kopf an seine Brust, und er streichelte mich.

„Manchmal denke ich, dass ich dir zu langweilig sein könnte", sagte ich.

„Ich bin mir manchmal selber zu langweilig."

„Ich meine, nicht dass du mit mir hier versauerst."

„Quatsch! Wir dürfen doch mal faul sein. Außerdem waren wir heute in Magdeburg. Das muss man erst mal verdauen." Er lächelte und küsste mich auf die Stirn. „Bis jetzt läuft's doch ganz gut. Wir machen was, und dann machen wir wieder mal nichts. Ich kann diese Aktivurlauber nicht ab, die ständig rumrennen, bloß, um irgendwas zu machen. Und dann hass ich die Säcke, die gar nichts machen und nur noch vor der Kiste hängen. So ein Halbe-Halbe ist doch ganz gut."

„Ja", sagte ich und schob meine Hand in seine Boxershorts und meinen Kopf nach unten. „Ich möchte jetzt was machen", flüsterte ich. Und das tat ich dann auch.

Alle waren da. Es würde lange dauern. Redaktionskonferenz.

Rosemarie Schracke hatte sich in Schale geworfen; die große Chefin richtete ständig ihren Faltenrock. Die beiden standen für eine Art Arbeitsteilung, die Schracke kümmert sich um Tagesgeschäft, während die große Chefin das Repräsentieren und die „große Linie" verkörpert. Der Ressortleiter Politik guckte wichtig über seine Lesebrille weg, um die neue Volontärin nicht aus dem Visier zu verlieren, die schon mehr als genug zu tun hatte, sich vor den Blicken des Sportmenschen in Acht zu nehmen. Der Sportmensch heißt eigentlich Rudolf Konrad, aber alle nennen ihn nur den Sportmenschen. Franz Raum ist für Politik zuständig – und für die Volontärinnen. Offenbar fliegt sie nicht auf Männer Mitte fünfzig, die beleidigt in eine Welt gucken, von der sie sich permanent unterschätzt fühlen, zumal diese Welt, die gerade im Begriff war, sich im Konferenzraum zu versammeln, von Frauen beherrscht wird. Franz Raum ist angegraut und wirkt immer, als dächte er etwas Wichtiges, nur dass es ihm nie über die Lippen kommt. Er ist intrigant.

Christiane ist die Kulturchefin.

Das Geheimnis einer solchen Mischung ist, dass alle einander hassen. Die Kultur hasst den Sport, weil der das Privileg hat, keiner Beschränkung zu unterliegen, denn wenn Deutschland Fußball spielt, ist alles andere unwichtig. Der Sport wiederum hasst die Kultur, weil die auf ihn herabsieht. Die Politik nimmt wiederum die Kultur nicht ernst, hält sie für bessere Unterhaltung, also für verzichtbar.

Und für die Kultur sind die bei der Politik nicht mehr als sprechende Mikrofonständer für die Macht. Kommentare darf nur Franz Raum schreiben. Er ist in der CDU. Rosemarie Schracke ist parteilos, sympathisiert aber verdeckt mit der PDS, während die große Chefin SPD-Mitglied ist. Christiane ist bei den Grünen, der Sportmensch hält sich bedeckt. Er ist nichts.

Aufgereiht saßen die Redakteure, ein paar Freie waren auch da. Insgesamt gab es etwa fünfundzwanzig Leute, die sich alle aufs Wochenende freuten, im Sitzungsraum.

„Können wir dann, Röschen?" fragte die große Chefin liebevoll.

Röschen nickte und kniff die Augen vertraulich zusammen, dann sah sie lächelnd in die Runde.

Es begann. Wie immer. Die Auswertung der Woche und der Ausblick auf die nächste, Aufträge wurden verteilt, Themen besprochen und Ideen verrissen.

Franz Raum kritisierte einen Beitrag, und zwei Redakteure gaben ihm wortreich, mit devoten Seitenblicken auf die große Chefin recht, während das Opfer sich wand.

Röschen lobte wohlwollend ihre Favoriten, diesmal ein Beitrag über Landfrauen, und einige Redakteure bestärkten sie in ihrem Urteil, obwohl einer von ihnen zwei Tage vorher sagte, die Landfrauen seien ihm zu „zopfig" umgesetzt. „Zopfig" heißt altbacken und langweilig.

„Fluffig" dagegen sei das Thema „Türken in Berlin" abgehandelt worden, so ein Redakteur. Ein Nicken aus verschiedenen Ecken.

Das Thema „Staatsoper, wie weiter?" sei gut recherchiert gewesen, aber zu lang, entschieden zu lang. Die große Chefin hatte gesprochen.

Ich sah, wie Christiane zuckte. „Na ja, das hat aber die Leute bewegt. Und irgendwas muss da ja passieren. Ist eigentlich ein Thema für die Politik. Da wollte das aber keiner haben", sagte Christiane ruhig.

Franz Raum ließ die Volontärin kurz unbeobachtet und blitzte Christiane böse an.

„Wir hatten noch ein paar wichtigere Themen. Der Bundesrat, die Bahn, und schließlich hat es ja einen Staatsbesuch gegeben – falls das niemandem aufgefallen sein sollte."

Christiane wollte etwas entgegnen.

„So weit, so gut. Das ist jetzt geklärt." Die große Chefin machte eine beruhigende Geste wie der Papst zu Ostern und setzte an, um den Grund für ihre Anwesenheit zu verkünden.

„Ich möchte, dass wir mehr Unterhaltung machen, mehr Boulevard. Die Zahlen sind im letzten Halbjahr zurückgegangen, also müssen wir uns darauf einstellen. Das hat auch unser *Research* ergeben." Sie betonte *Research* besonders.

„Boulevard?" fuhr es aus Christiane heraus wie ein rotziger Husten. „Machen wir das nicht längst?"

„Ja, aber dieses Segment müssen wir ausbauen."

„Und wo soll das dann hin, dieses Segment?" Christiane ahnte es, ja sie wusste es, aber sie wollte es aus dem Mund der großen Chefin hören.

„Das wäre dann Kultur."

„Gibt es dann mehr Platz?"

„Wir wollen sehen, wie sich das entwickelt. Und Sie kennen ja das Budget." Die große Chefin blickte etwas drohend in die Runde, als wäre einer der Anwesenden verantwortlich für das Budget. Und bevor Christiane etwas entgegnen konnte, setzte sie hinzu: „Dann ist es eben mal ein Buchtipp weniger, mein Gott!"

Röschen sekundierte. Sie nickte Christiane beschwichtigend zu, aber auch triumphierend. Franz Raum bekam einen hämischen Zug um die Mundwinkel, der Sportmensch blickte abwesend. Der Rest hielt sich zurück.

„Gut", sagte Christiane. „Machen wir also mehr Boulevard. Vielleicht kann ich ja bei der Politik was unterbringen ab und zu. Schon allein wegen des Budgets."

Raums hämischer Zug wurde zu einem selbstgefälligen Grinsen. „Meine Tür ist für Sie immer offen."

Christiane grinste zurück und sagte: „Meistens." Dabei deutete ihr Kopf mit einer kurzen genauen Bewegung, die nur Raum auffiel, auf die Volontärin. Er wendete sich beleidigt ab.

Die große Chefin sah auf die Uhr und erhob sich. „Dann hätten wir das geklärt. Ein schönes Wochenende allen zusammen." Sie bedeutete Röschen, ihr zu folgen, und versuchte beim Hinausgehen, jedem einzeln zuzunicken, dann war die Sitzung beendet. Der Konferenzraum leerte sich. Christiane blieb sitzen, raschelte geschäftig mit dem Stapel Papier auf ihren Knien, tat so, als wäre sie schon woanders.

„Noch einen Kaffee?" fragte ich vorsichtig.

Sie nickte dankbar, denn sie war kurz davor zu explodieren. Ich kannte diese Ruhe, dieses betont Geschäftige, dieses leichte Glimmen in ihren Augen, das nur für Eingeweihte zu erkennen ist. Wie ein Display, das einen Countdown zählt. Meine Aufgabe war es, wenigstens eine nasse Wolldecke über die Bombe zu legen, damit der Knall nicht so laut würde. Und damit es keine Verletzten gab. Verhindern konnte ich die Explosion aber nicht.

Mir waren immer Menschen lieber, die nach außen explodierten. Das ist besser, als die Wucht innen aufzufangen, verwüstet zu werden von der eigenen Wut.

„Komm."

Wir gingen in ihr Büro. Das Haus leerte sich, alle wollten heim. Durch die Tür trafen Christiane ein paar triumphierende Blicke im Vorbeigehen, verhalten und feige. Es ist schwierig, Chef zu sein. Christiane hat immer ihre Meinung gesagt und zu ihren Entscheidungen gestanden. Eigentlich war sie das, was man sich wünschen konnte als Vorgesetzten. Nicht einen schwanzgesteuerten Franz Raum, der in Körbchengrößen dachte, der jede männliche Konkurrenz bislang weggebissen hatte zugunsten des Durchschnitts und wegen der Mädchen. Christiane war anders als Röschen, die ihrem System von Liebesgabe und Liebesentzug frönte, die ihre Entscheidungen, wenn sie je eine Entscheidung getroffen hat, immer als Order von oben verkaufte. Rosemarie Schracke war nur ein Instrument für den Druckausgleich. Sie verstärkte den Druck von oben nach unten und schwächte den, der von unten nach oben kam, ab.

Die große Chefin war zu weit oben, um zu entscheiden. Wenn, dann suchte sie sich externe Berater. Auf die konnte sie alles abwälzen, konnte absegnen lassen und es den Mitarbeitern als gottgegeben hinstellen.

Aber Christiane entschied und stand dazu, stritt sich und verteidigte, nach oben und nach unten.

Nun saß sie auf ihrem Sessel und sah der Kaffeemaschine zu, die ich gerade angeworfen hatte.

„Ich hab's ja gewusst", sagte sie. Und nach einer Pause, in der ich die Tassen hingestellt und zwei Zigaretten angezündet hatte, fügte sie hinzu: „Am liebsten möchte ich kündigen. Ich bin das so leid. Weiberwirtschaft!"

„Glaubst du, Männer sind da besser?"

Sie lachte einen kurzen, lautlosen Lacher: „Nein, die sind bloß leichter abzulenken. Aber Frauen untereinander, ich kann dir das gar nicht erklären. Es ist alles in Watte gepackt, die packen sogar den Dolch, mit dem sie dich meucheln, in rosa Watte ein. Die Kerle machen daraus ein Bühnenspektakel, damit das auch jeder mitkriegt, was für tolle Hengste sie sind. Aber die Frauen machen das, wenn der Vorhang zu ist."

Sie sprach leise und konzentriert, fast kühl.

„Offiziell laden sie dich mit ‚Partnerin' ein, aber ihre privaten Grillabende draußen bei Röschen am Müggelsee machen sie ohne dich. Weil es sie schon im Büro alles kostet, tolerant zu sein. Privat wollen die gar nichts damit zu tun haben." Sie stand auf und schenkte Kaffee ein.

„Sie sagen es einem nie direkt ins Gesicht, die machen das über Umwege. Oder wie heute."

„Aber das wäre einer anderen Kulturchefin auch passiert. Oder einem Chef", warf ich ein.

Christiane schüttelte den Kopf und grinste hämisch.

„Nein, mein Lieber, nicht vor versammelter Mannschaft, nicht so. Das hätten die anders geregelt. So was läuft per Termin, mit Röschen und der großen Chefin. Nicht so, nicht ohne Vorwarnung."

Sie rührte in ihrer Tasse und schaute an mir vorbei. Und dann sagte sie, wie zu sich selbst: „Ich muss da durch, ich bin fünfzehn Jahre jünger. Und ich kann länger." Sie nahm einen Schluck und atmete tief durch. „Ja, ich kann länger."

Sie drehte mir das Gesicht zu.

„Und jetzt würde ich mich gern besaufen. Aber richtig. Was meinst du?"

Ich zuckte mit den Schultern. Ich wollte ja zu ihm. Wir hatten allerdings noch nicht telefoniert.

„Du musst morgen nach Bonn", lenkte ich sie ab.

Christiane lachte auf. „Nein, muss ich nicht. Bonn ist gecancelt. Sonst fliegt mir nämlich auch noch meine Beziehung um die Ohren."

Vielleicht gaben wir ein typisches Bild ab: der Schwule und seine beste Freundin. Aber die besten Freundinnen der Schwulen sind meist nicht lesbisch, und nicht so gutaussehend. Nicht so präsent wie Christiane, die auch in der Lesbenszene auffallen würde, weil sie dem Klischee nicht entspricht. Sie ist weder butch und männlich, noch eine dieser beringten Femmes, die ihr ganzes Äußeres in einen Kriegszustand versetzt zu haben scheinen. Immer gegen alles, weil sie das Gefühl haben, dass alles gegen sie ist. Vielleicht ist das aber wahr. Ich bin keine Frau. Und ich weiß nicht, wie sich eine Lesbe fühlt, ich kenne nicht einmal die Szene und erkenne nur die, die sich zu erkennen geben. Früher hatte ich das Gefühl, ich würde von heterosexuellen Männern als so etwas Ähnliches wahrgenommen. Als Frau, aber ohne die entsprechenden Geschlechtsmerkmale, also völlig uninteressant für sie. Schwule stehen in der heterosexuellen Männerwelt hinter den Frauen. Ich weiß nicht, welchen Chartsplatz die Lesben in dieser Hetero-Männerwelt einnehmen.

Insofern gaben Christiane und ich ein ganz gutes Paar ab. Wir waren beide sexuell füreinander uninteressant. Wie es bei den Heten unmöglich ist, Freundschaften zwischen den Geschlechtern zu pflegen, haben wir nicht selten das Problem mit dem eigenen Geschlecht. Ich finde die Paarung Lesbe/Schwuler gut.

Das *Prinzknecht* war fast leer, weil es viel zu früh am Abend war. Christiane hatte bei ihm angerufen und ich bei Lillian. Unverfänglich, um uns gegenseitig abzusichern.

„Ich brauche deinen Mann heute mal. Kann ich ihn mir ausborgen?" fragte Christiane. „Nur ein kleines Besäufnis. Willst du ihn mal sprechen? Kann ja sein, du glaubst mir nicht." Sie lauschte und grinste mich an dabei. Sie schüttelte den Kopf, nein, er wollte mich nicht sprechen. Und ich wollte mich nicht darüber ärgern. Auch wenn ich es tat.

Lillian nahm die Information hin.

„Ich geh mit Christiane noch kurz was trinken. Wir wollen uns, na ja, ein bisschen ausheulen. Weißt schon."

„Ja, ich weiß schon", sagte sie. Obwohl ich Lillian lange kannte, wusste ich oft nicht, ob sie gerade gut- oder schlechtgelaunt war. Sie gab keine Zeichen, wollte keine geben. Vielleicht war Christiane wirklich die einzige, die Lillians unausgesprochene Hinweise verstand.

Christiane trank Weißweinschorle und ich Bier.

„Bonn hab ich geschmissen, und ab Montag mach ich Boulevard. Schönes Wochenende auch. Prost!"

„Mit Lillian wieder alles in Ordnung?" fragte ich und sah mich unter dem Dutzend Männer um, die sich mehr oder weniger dekorativ im Raum verteilten.

„Ja. Geklärt. Ich fahr nicht und fertig. Anstellen wollt ich sowieso nichts."

Ich fing Blicke auf, nebenbei, wurde taxiert und taxierte.

„Also war das nichts mit deiner Ex?"

„Gesehen hätte ich sie schon gern."

Ein Mann, etwas untersetzt mit Kinnbart und Halbglatze, lächelte mir zu. Haare quollen aus seinem Hemd. Zwei Hocker weiter saß ein dünner Kerl mit blondiertem Haar, eingefallenen Wangen und metallverziertem Gürtel, rauchte lange Zigaretten, die er in dürren Fingern hielt.

„Aber wirklich nur gesehen, oder?" Ich warf Christiane einen kurzen schelmischen Blick zu.

„Weiß nicht", sagte sie nach einer Pause.

„Also hat Lillian doch Grund gehabt."

Ein südländischer Typ, schmal und doch kräftig, ging an uns vorbei in Richtung Klo. Er wirbelte Luft auf, die mich streifte. Er roch gut.

„Nein. Hat sie nicht. Das ist einfach was anderes. Hat doch nichts mit ihr zu tun."

„Und wenn sie mal kurz nach Bonn fahren würde, um eine Ex zu treffen und mit ihr zu schlafen?"

„Na bitte", sagte sie, und es klang nicht schnippisch. „Ich würde zwar keine Luftsprünge machen, aber so ist das eben. Besser, sie macht's, dann hat sie es aus dem Kreislauf."

Der Barkeeper ignorierte mich, wie er es mit allen anderen auch tat, der Kinnbart lächelte wieder. Etwas zu unglücklich vielleicht. Zu flehend. Er war kein hässlicher Mann, aber er erinnerte mich an meinen Grundsatz, nie wegzugehen, um die große Liebe zu suchen. Die anderen Tiere wittern das und hauen ab. Sie werden nie zutraulich, wenn ihnen ein Käfig droht.

„Aber stören würde es dich doch auch, oder?"

Christiane zog die Mundwinkel nach unten, etwas zu abfällig vielleicht, und zuckte mit den Schultern. „Ich will nicht, dass es mich stört. Aber wenn sie eine Affäre hätte oder mich wegen einer Affäre verlassen würde, das träfe mich schon."

Der Südländer kam zurück, ließ mir seinen Geruch um die Nase spielen und warf mir einen kurzen Blick zu, gezielt und effektiv.

„Oha", sagte ich etwas verwirrt.

„Was oha?" Christiane sah dem Südländer kurz hinterher, ging aber nicht weiter darauf ein. „Wenn ich Lillian bescheißen wollte, dann könnt ich das. Ohne mit der Wimper zu zucken. Und sie könnte es auch."

Der Füllige sah mich wieder an, einen Tick zu lang, zu deutlich, ohne Geheimnis. Ihm ging es nicht um Jagd, sondern um Befreiung.

„Ich glaub, ich habe ein Problem damit. Also, Beziehung und gleichzeitig rummachen." Ich hörte, wie die Worte meinen Mund verließen. Log ich?

„Du willst mir doch nicht sagen, dass ihr monogam seid, Herzchen."

Ich suchte nach Worten, suchte nach Erklärungen, vielleicht nach Entschuldigungen, wenigstens nach einem unverfänglichen Satz.

„Nein. Ich wär's vielleicht gern. Aber ich weiß, dass es nicht geht. Umgekehrt will ich aber keine Beziehung, in der jeder nebenbei alles fickt, was bei drei nicht auf dem Baum ist."

Der Dicke bekam noch ein Bier. Ich versuchte, ihn zu ignorieren und gleichzeitig zu beobachten. Der Südländer saß hinter einer Ecke außerhalb meines Blickfeldes.

„Tja", sagte Christiane schnippisch und winkte dem Barkeeper. „Was machen wir denn da?"

Hinter der Ecke erschien kurz eine Haarlocke und dann das Gesicht des Südländers.

„Ich weiß nicht. Ich denke, es ist die Ausnahme. Das Fremdgehen." Ich überlegte. „Oder es sollte wenigstens die Ausnahme sein."

„Hm", machte Christiane und setzte eine ratlose Grimasse auf, dann zuckte sie hoch, fixierte den Barkeeper, der gerade lustlos mit zwei Bieren an uns vorbeitrottete, mit den Augen und dann mit dem Zeigefinger, den sie gnadenlos in seine Richtung stieß.

„Halt! Zwei Ramazzotti, bitte." Sie fletschte die Zähne zu einem kampflustigen Grinsen.

Der Kellner übte erst einen Augenaufschlag, dann war es, als wollte er ein Lächeln probieren, beschränkte sich schließlich auf ein Nicken.

„Ramazzotti?" fragte ich erstaunt.

„Du bist nicht mit Auto da, ich auch nicht."

Ein ganzes Rudel Lederleute kam herein. Zwei schöne, zwei, die ungepflegt und klebrig wirkten, ein schrumpeliger Lederpolizist über fünfzig.

Zu Hause in seinem Schrank hing eine Lederhose und eine Lederjacke. Chaps wollte er sich immer mal kaufen.

„Die wilden Jahre sind vorbei", sagte er lachend, als er den Kleiderschrank damals wieder schloss.

„Bist du eifersüchtig?" Christiane prostete und trank ihr Weinglas in einem Zug leer.

„Ja. Ich will's nicht sein, aber ich bin's."

„Glaubst du, er hat was laufen?"

Hätte ich verneint, wäre ich bloßgestellt worden als naiv und dämlich, als dämlich verliebt. Ein Ja dagegen wäre einer Bankrotterklärung gleichgekommen. Was antwortet man auf derlei Fragen?

„Bitte schön", flötete es über unseren Köpfen, und zwei Ramazzotti wurden auf den Tisch gestellt.

„Danke", sagte ich mechanisch.

„Na endlich", zischte Christiane der Bedienung hinterher. Sie sah mich an, forschend und misstrauisch. Vielleicht sogar etwas belustigt. „Und?"

„Ich weiß es nicht. Ich glaub nicht. Aber das will nichts heißen."

„Dann heißt das auch nichts", sagte sie bestimmt und nahm ihr Glas.

„Wieso heißt das nichts?"

„Hätte er was Wichtiges laufen nebenbei, dann würdest du es mitbekommen. So was fühlt man. Aber so …" Sie nahm gleich noch einen Schluck.

„Aber so?"

„So ist das Sport. Einfach mal von jemandem geil gefunden werden. Ob du nun mit ihm ins Bett hüpfst oder nicht."

„Sport", wiederholte ich.

„Hast du was laufen? Was Sportliches?" fragte sie.

„Nein. Im Moment nicht. Manchmal hab ich aber Bock. Aber dann wieder nicht." Die Worte schienen zu stimmen. Ich wollte es offen lassen. Ich wollte ihr nicht antworten.

„Wie ist das bei euch?" fragte ich, um den Scheinwerfer von mir wegzudrehen, um nicht mehr im Rampenlicht zu sitzen, als hätte ich den Text vergessen.

„Wir sind zu lange zusammen. Und Bonn hat gekesselt, weil ich mich wirklich verguckt hatte. Deswegen ist Lillian im Moment ein bisschen zickig."

„Wie habt ihr das geregelt?"

„Geregelt?" Christiane wurde plötzlich ernst. „Lillian hat Schluss gemacht. Wir waren genau zwei Tage getrennt damals. Und sie hat's getan. Da habe ich sehr genau gemerkt, dass ich das nie fertiggebracht hätte. Ich saß mit meinem fetten Arsch zwischen zwei Stühlen. Und sie hat einfach Tschüs gesagt."

„Lillian?" fragte ich ungläubig.

Christiane nickte vehement. „Ja. Lillian."

„Und du?"

Christiane glotzte für einen Moment abwesend in ihr leeres Ramazzotti-Glas.

Plötzlich kam der Kellner vorbei und schaute uns fragend und aufmunternd an.

Ich nickte.

„Ich kam nach genau zwei Tagen zu ihr gekrochen, hab mir Bonn aus dem Kopf geschlagen. Erstens, weil es nicht funktioniert hätte, zweitens, weil mich das Herzchen hat hängen lassen. Und drittens, weil ich meine Lillian lieb habe." Immer noch redete Christiane ohne mit der Wimper zu zucken. „Ich habe genau zwei Tage nur geheult."

„Und?"

„Ich habe geklingelt bei Lillian, mit einem Riesenstrauß Rosen, also ganz kitschig. Lillian hat mich fast nicht reingelassen. Und als ich im Flur stand, bin ich zusammengebrochen. Ich hab da erst richtig begriffen, was eigentlich passiert war. Bis dahin hab ich vielleicht sogar gedacht, ich krieg das mit der Trennung hin. Aber als ich vor ihr stand, war's aus." Christianes Gesicht hellte sich auf. „Ja, und kurz darauf sind wir zusammengezogen."

Mittlerweile war es voll. Männer drängelten sich an unsrem Tisch vorbei. Ich nahm kein einzelnes Gesicht mehr wahr. Ich blickte ziellos umher und fing nichts auf.

„Hat sie dich also wieder aufgenommen?"

„So ist das nun auch wieder nicht. Sie war verletzt. Eigentlich hat sie nicht wirklich Schluss machen wollen. Aber die Lektion hat gewirkt. Seitdem hab ich aufgehört mit dem Rumspielen."

„Aha."

„Lillian hat es fertiggebracht, dass ich erwachsen geworden bin. So ist das."

Ich schwieg. Wir bestellten noch eine Runde. Mich erfasste eine Traurigkeit. Ich konnte nicht sagen, woher sie kam. Vielleicht aus einer Ahnung heraus, einer Ratlosigkeit. Dass es nur eine Frage der Zeit sein konnte, bis er und ich diesen Punkt erreichen würden. Unausweichlich. Und ich war plötzlich nicht mehr zuversichtlich, weil ich keinen Plan dafür hatte, weil ich nicht wusste, ob ich fähig war, ihn zu verlassen, nur, damit er zurückkommt. Und noch weniger wusste ich, ob ich imstande war, zu ihm zurückzugehen, auf die Gefahr hin, abgewiesen zu werden.

Mir wurde bewusst, benebelt vom Ramazzotti, dass es schwer werden würde. Irgendwann. Morgen, in zwei Monaten vielleicht, oder in zwei Jahren. Mir könnte jemand über den Weg laufen. Ihm könnte ein anderer begegnen. Und sollte sich etwas Neues daraus ergeben, würde man irgendwann wieder genau an diesen Punkt gelangen. Wie in einem Karussell. Das machte mich mutlos. Obwohl ich wusste, dass ich mit ihm zusammenbleiben wollte, dass er der erste Mann war, mit dem ich das wollte, verlor ich alle Courage an diesem Abend. Ich misstraute mir, und ich misstraute ihm.

„He! Krieg dich mal wieder ein", sagte Christiane plötzlich. „Ist doch noch gar nichts passiert. Und dass ihr euch liebt, sieht man zehn Kilometer gegen den Wind."

Der kleine Dicke stand plötzlich schräg vor uns an der Bar, bezahlte und sah demonstrativ an mir vorbei, als er ging.

Der Taxifahrer schwieg, ich zahlte und verlangte eine Quittung, die er mir mürrisch ausstellte. Es war nicht sehr spät, halb elf vielleicht. In dem Maße, wie Christiane zuversichtlicher geworden war, verlor ich den Mut.

„Ich scheiß auf Bonn, und ich scheiß mitten aufs Boulevard!" rief Christiane.

„Das heißt, ich scheiß mitten auf *den* Boulevard!" hielt ich dagegen.

Das war beim letzen Ramazzotti.

Ich ging die Treppe hoch wie ein Frührentner. Dabei fühlte ich mich nicht betrunken, nur unendlich müde. Am liebsten hätte ich mich auf eine Stufe gesetzt und wäre, ans Treppengeländer gelehnt, eingeschlafen.

Es war zu spät, ihn anzurufen. Wir wollten uns eigentlich sehen, er hätte zu mir kommen sollen, und nun war ich besoffen und glaubte, dass es vorbei war mit uns. Ein Rest von Vernunft flüsterte dazwischen, dass ja gar nichts passiert sei. Aber ich glaubte dieser Stimme nicht. Genauso wenig wie der Tatsache, dass es nur drei Treppen zu meiner Wohnung waren, denn diese drei Treppen erschienen mir doppelt so steil und doppelt so lang wie sonst.

Nach einer Ewigkeit kramte ich nach dem Schlüssel und öffnete ungeübt die Tür. Ich wollte mich zusammenreißen. Ich stülpte mein Sakko über einen Bügel, dass es an der Garderobe hing wie eine Vogelscheuche. Als ich meine Schnürsenkel öffnete und daran dachte, ihn doch anzurufen, fiel ich fast hin. Falls er überhaupt da war, falls er nicht weggegangen war, um mir meinen Suff heimzuzahlen.

Ich stolperte über die Wohnzimmerschwelle. Die kleine Stehlampe brannte, der Fernseher lief ohne Ton. Ich begriff es zwar nicht, aber da saß er auf meiner Couch und sagte: „He."

„He", antwortete ich mit dünner Stimme. „Ich bin so besoffen."

„Ja", flüsterte er, erhob sich und schob mich vorsichtig zur Couch. Er platzierte mich wie einen Crash-Test-Dummy, setzte sich neben mich und nahm mich in den Arm.

„Ich bin besoffen. Entschuldige."

„Ist schon gut." Er küsste meine Stirn. Ich begriff, dass er da war. Dass er gewartet hatte. Und mir fiel ein, dass wir seit zwei Wochen Schlüssel für unsere Wohnungen hatten.

Und als ich das alles begriffen hatte: die Nutzlosigkeit meines Misstrauens und die Niedertracht meiner Gedanken, als ich diese Erleichterung verspürte, begann ich zu weinen.

Du bist wieder da.

Du stehst in der Tür, ich springe auf.

„Hallo", sage ich tonlos, aber es soll dir beweisen: Ich freue mich, dass du endlich da bist. Es soll klingen, als wäre nichts gewesen. Kein gelber Zettel, kein Abend wie dieser.

Du hast das Zittern in meiner Stimme längst bemerkt. Du lächelst diesmal nicht darüber, machst dich nicht lustig über diese Angst, vertreibst sie nicht. Stattdessen siehst du mich mitleidig an, aber gleichzeitig sind deine Augen unbeteiligte Zeugen.

„Hallo", sagst du kühl.

In diesem Moment ist noch ein Geräusch im Flur, es klingt wie Schritte. Das kann aber nicht sein. Und gerade als ich es denke, erscheint hinter dir im Türrahmen ein Mann.

Er ist groß, größer als du sogar, hat breite Schultern. Er trägt Lederhosen, ein weißes T-Shirt und eine Bomberjacke. Unter dem Hemd zeichnet sich seine Brust ab. Eine Modelbrust, Muskeln, vielleicht ein Brustwarzen-Piercing. Er ist alles, was ich nicht bin. Er ist alles, was du dir gewünscht hast.

Du sagst einen Namen, und er tritt ins Zimmer wie auf ein Stichwort. Er gibt mir die Hand und lächelt.

Ich muss mich zusammennehmen, ich kann dich jetzt nicht anschreien, nicht heulen. Die Fassung muss ich bewahren, damit ihr mich nicht so seht. Damit ihr später nicht über mich lacht, wenn ihr anderen erzählt, wie ihr euch kennen gelernt habt und seit wann ihr zusammen seid.

Nein, ich will zu keiner dieser Geschichten werden, ich werde keine Anekdote des Scheiterns, kein Irrtum, dessen Namen man vergisst. Nie könnte ich das erzählen, niemandem, nicht einmal Christiane.

„Ich wollte es dir längst sagen, aber ich konnte das nicht", sagst du leise. Du stehst immer noch da, als du das sagst.

Er nimmt seine Jacke ab, zeigt seine stählernen Oberarme, seine Schultern, seine gepiercten Titten, ja sie sind gepierct, und das Shirt spannt. Er fühlt sich fast schon daheim.

Ich bin gerade in Kenntnis gesetzt worden.

Alles, wovor ich je Angst hatte mit dir, sitzt vor mir, breitbeinig und fragt, ob er rauchen darf.

Mich ergreift eine Kälte. Sie geht vom Magen aus, beginnt zu brennen.

„Ist blöd gelaufen", sagt dieser Mann zu mir. Oder sagt er es zu dir?

„Das geht dich nichts an", erwidere ich.

Damit du dich schämst. Nicht für deine Lügen, sondern für deine Feigheit sollst du dich schämen.

Noch immer siehst du mich an wie ein zerbrechliches Exponat.

„Und?" frage ich vorwurfsvoll.

Jetzt willst du fast weinen. Oder tust du nur so?

Ja, doch du weinst. Ich kenne diesen Gesichtsausdruck. Beim zweiten Teil von Toy Story *hab ich mir dein Gesicht heimlich von der Seite angesehen, als das Cowgirl* „When I Was Loved" *sang. Und ich sah dieses Gesicht bei* American Beauty*, als die Plastiktüte vor der Mauer tanzte.*

Aber nun, da dieses Gesicht auftaucht, da du weinen willst wie bei einer gut ausgeleuchteten Hollywoodszene und dir schon ein Tränchen herunterläuft, jetzt lache ich.

„Was gibt's denn da zu heulen!" schreie ich. *„Nichts, gar nichts gibt's da zu heulen!"*

Ich kann hier nicht sitzen bleiben, bis er kommt. Sämtliche Beschäftigungen, bei denen sonst die Zeit eilig wegschmilzt, funktionieren nicht. Wenn ich den Computer anschalten würde, online ginge, käme ich nur wieder auf den Gedanken, nach Spuren zu suchen. Der Fernseher hat nichts dagegen aufzubieten. Keine DVD, kein Video, kein Buch. Vielleicht kommt er gleich, vielleicht aber dauert es bis in die Nacht.

Die passende Musik fällt mir nicht ein.

Nicht einmal ein Telefonat mit Christiane könnte gegen diese zähe Zeit etwas ausrichten. Zumal sie mich nicht verstehen würde.

Ich gehe. Vielleicht wartet er dann auf mich, macht sich Sorgen, hat Angst. Bislang dachte ich immer, er ist sich meiner sicher.

Ich war es auch, immer mehr. Zunächst hatte ich Angst, jedes Mal, bevor wir uns sahen, dass dieses Gefühl verschwinden könnte, dass wir uns ansehen wie Fremde und einer von uns erkennt, es ist vorbei.

Und immer, wenn wir uns dann gegenüberstanden, in dem Moment, bevor wir uns küssten, wusste ich, alles ist noch da. Und es ist stärker geworden.

Diese Angst war verflogen, sie war fast ganz fort, als wir hierher gezogen sind. Ich habe es mir überlegt. Ich habe nachgedacht. Mein Gefühl sagte Ja, aber ich musste dieses Gefühl überdenken. Und das musste er auch.

Wir wohnen zusammen. Wir sind eingerichtet. Wir haben uns entschieden, welches unserer beiden Bestecke in den Besteckkasten kommt, welche Teller wir benutzen und welche wir verschenken. Wir haben Kaffeetassen und Bettwäsche aussortiert, Bilder zusammen aufgehängt oder in Folie verpackt im Keller verstaut. Wir haben das Wohnzimmer eingerichtet, seine Couch steht da neben meiner Lampe, auf seinem Sideboard meine Stereoanlage, auf seinem Teppich mein Glastisch. Meine Waschmaschine habe ich an einen Second-Hand-Laden verkauft, seine steht jetzt im Bad, weil sie neu und mit Trockner ist. Alles haben wir praktisch geregelt. Jeder hat in seinem Zimmer die Dinge, um die nicht diskutiert werden kann. Die CDs, die Bücher, der Papierkram, Aktenordner, Computer. Jeder hat ein Leben für sich. Wir haben aus zwei Leben eins gemacht und versucht, das des anderen möglichst wenig zu beschädigen oder einzuschränken.

Es gab keinen Streit. Ich habe versucht, so wenig Nippes wie möglich hinzustellen, dass es auch ihm gefällt.

Es hat funktioniert. Wir haben es getan, wir sind weiter gegangen, als ich es mir je geträumt hätte, denn ich habe das hier nie geträumt. Ich wollte es nicht. Bis ich ihn traf, hatte ich mich auf ein Leben allein eingerichtet. Bis ans Ende.

Ich gehe. Raus. Nicht ins *Prinzknecht*. Der Abend ist mild, ich will keine Schwulen sehen, nur irgendwelche Menschen. Also ins *Gottlob*. Ich schreibe ihm keinen Zettel.

Ich halte mich an die offizielle Version. Ich weiß von keinem anderen, von keinem gelben Zettel unter seiner

Tastatur, von keinem Zweifel. Mir ist nur danach, ein Bier zu trinken.

Ich hole mir ein Paar Schuhe aus unserem Schuhschrank, eines der wenigen Möbel, die wir zusammen gekauft haben. Die Garderobe ist auch neu. Ich ziehe das schwarze Sakko an, Ich sehe aus, als käme ich gerade aus dem Büro.

Ich schalte die *Tagesschau* aus und gehe, langsamer als sonst, die Treppen hinunter. Vielleicht kommt er mir doch noch entgegen. Mit seiner Fototasche.

„Ging schnell heute", würde er sagen und mitkommen auf ein Bier. „Zum Abdimmen", wie er immer sagt, wenn er sich abends eins aus dem Kühlschrank holt, wenn nichts mehr anzufangen ist mit ihm.

Es kommt vor, dass wir uns morgens küssen, bevor wir die Zähne geputzt haben, dass seine Füße abends auf der Couch müffeln oder dass er sich lange nicht auf die Toilette wagt, weil ich gerade draufgesessen habe. Ich weiß, wie es aussieht, wenn er sich die Fingernägel schneidet und feilt, vorsichtig, auf einer alten Zeitung, sich die Haare trimmt, die aus seinen Ohren wachsen. Ich weiß, dass er mit dem Finger Nutella nascht, dass er, wenn er sich den Bart über der Badewanne stutzt, meist vergisst, die Stoppeln wegzubrausen. Er vergisst manchmal, die volle Filtertüte aus der Kaffeemaschine zu nehmen, dafür will er meine Kaffeetasse schon wegräumen, bevor ich ganz ausgetrunken habe.

Diese kleinen Dinge gehen mir jetzt auf dem Weg ins *Gottlob* durch den Kopf, und sie sind mir durch den Kopf gegangen, bevor wir eingezogen waren.

Ich wusste, dass ich ihn genug liebe, um mit ihm zusammenzuziehen. Aber ich konnte nicht einschätzen, wie groß die Kleinigkeiten würden. Ob sie mich stören oder abstoßen würden mit der Zeit. Ob ich ihm irgendwann eine volle Filtertüte vor die Füße klatschen und schreien würde: „Nimm die Scheißdinger immer gleich raus, verdammt!"

Ich kannte seine Macken schon vorher.

Das *Gottlob* ist voll, aber ich erwische einen kleinen Tisch draußen am Gartenzaun; mich kitzelt ein Strauch, der darüber hängt. Es könnte fast so aussehen, als wolle ich mich verstecken. Wenn er mit der U-Bahn käme, würde ich ihn sehen. Er mich vielleicht nicht.

„Was darf ich dir bringen?" Die Kellnerin steht vor mir. Sie darf mich duzen. Wir haben nie groß miteinander gesprochen, aber seit sie mich ein paar Male bedient hat, duzt sie mich. Wie einen alten Bekannten.

„Ein Bier, ein großes", sage ich und lächle sie an, als würde ich sie ebenfalls kennen.

Vielleicht geht es der Bedienung wie den Gästen, die allein sitzen. Sie wollen anderen nicht das Gefühl vermitteln, einsam zu sein. Wie in Stammkneipen, in denen jeder jeden kennt. Ich selbst gehe ungern in unbekannte Lokale.

Die Kellnerin bringt das Bier und lächelt wieder.

„Lass es dir schmecken. Schöner Abend, was?"

„Ja."

„Hast du morgen frei?"

„Nein, wollte bloß noch ein bisschen raus."

„Dein Freund war vorgestern auch da. Hat wieder seine Zeitung gelesen."

Ich nicke. Sie strahlt.

„Essen willst du nichts?"

„Nein. Jetzt nicht. Vielleicht später."

„Okay." Sie prüft noch einmal den Tisch und dreht sich um, jemand winkt. Sie geht sofort hin.

Ich mag sie, obwohl ich nicht sicher bin, ob man jemanden mögen kann, nur weil er einen freundlich bedient. Vielleicht bin ich nur dankbar für ihre Freundlichkeit, wir wohnen schließlich in Berlin. Er erzählte mir einmal von seinem ersten Tag in der Stadt. Er hatte nur ein Zimmer, viele Kartons und einen leeren Ostkühlschrank. „Entschuldigen Sie, ich brauche Ketchup", fragte er eine Verkäuferin bei *SPAR*.

„Und ick brauch Urlaub", schnauzte sie ihn an.

Willkommen in Berlin. Oder ist das typisch deutsch? In Meck-Pomm ist es anders. Nein, freundlicher sind sie nicht, aber zurückhaltender, eine Art passiver Höflichkeit. Ich habe mich da immer wohl gefühlt, auch wenn ich immer schon fort wollte.

Mir gefällt dort die ruhige Art der Männer, dieses unverbissene Schweigen, das nur gebrochen wird, wenn es denn gar nicht anders geht. Ja, ich mag das bei Männern. Es würde mich wahnsinnig machen, wenn er so wäre, ich weiß. Aber es reizt mich dennoch. Vielleicht hätte ich gern solch einen schweigsamen Vater gehabt.

Mich beeindruckt, wie still Ostler und wie laut Westler sein können. Die einen murmeln nur, sprechen verhalten, die anderen blöken, wollen, dass jeder sie hört, um ja nicht übersehen zu werden. Irgendwann habe ich bemerkt, dass beides auf eines hinausläuft. Sie wollen Anerkennung, sie wollen nicht allein sein, und jeder zieht seine Show ab. An meine Performance mag ich mich nicht mehr erinnern. Damals war ich ebenso still und verhalten, möglicherweise bin ich heute zu laut.

„Probeurlaub", sagte er und lachte. „Wenn wir es vier Tage schaffen, können wir über zwei Wochen nachdenken. Oder drei."

Wir fuhren Richtung Nordwesten. Wir kannten uns genau ein Jahr. Fast genau. Diese vier Tage waren nicht geplant. Röschen Schracke hatte eine Schwester im Westen. Und die besaß ein Apartment an der westlichen Ostsee. In der Nähe von Kiel. Marina Wendtorf. Ich stand dabei, als Röschen Christiane fragte, ob sie denn nicht mal ein paar Tage ausspannen wolle.

„Jetzt, wo Ihr Boulevard langsam läuft und richtig gut ankommt", hatte sie gesagt und dabei gelächelt, als hätte sie den Mund voll englischer Drops.

Christiane hatte dankend abgelehnt. „Kieler Förde, hört sich gut an!" Christiane klang falsch und überfreundlich. „Im Moment schaffe ich das nicht. Aber herzlichen Dank für das Angebot."

Röschen wollte sich zurückziehen, und bevor ihr Lächelbarometer auf „beleidigt" schaltete, sagte ich: „Was kostet das? Ich meine, wenn das Angebot auch für mich gilt."

Das Lächeln sprang umgehend auf überrascht-mütterlich.

„Darüber kann man reden. Steht ja sonst leer." Sie schob mich in ihr Büro, und wir klärten alles.

Danach bemerkte Christiane spitz. „Na, hat Röschen dich in der Tasche?"

„Nein, bloß an der Ostsee. Aber im Westen. Das ist doch schon was."

„Ja, das ist schon was."

Ich klopfte ihr auf die Schulter: „Wir erzählen dir dann, wie es war. Dann könnt ihr euch das überlegen."

Christiane nickte und zuckte gleichzeitig mit den Schultern. Es war ihr nicht recht, dass ich Röschens Angebot angenommen hatte, aber was sollte sie tun.

Und nun saßen wir im Auto. Wenigstens ein langes Wochenende wollten wir uns gönnen.

„Probeurlaub. Das klingt wie Freigang im Gefängnis."
„Ja", sagte er, „fast ist es das auch."
Er hatte selten Urlaub. Er fuhr einfach nicht weg. Es kam immer etwas dazwischen, oder er wagte es nicht, abwesend zu sein. Und falls sich doch ein paar freie Tage zu häufen drohten, brauchte er zu lange, um eine Idee zu haben, um mich zu fragen oder um in ein Reisebüro zu gehen.
Mein letzter Urlaub fand in der Schweiz statt. Kanton Glarus. Ich saß zwei Wochen auf dem Balkon eines ehemaligen Landvogteihauses und sah mir das Panorama an und las. Ich fuhr allein den Klausenpass hinauf und setzte mich an einen Gebirgsbach, dessen Name mir sofort wieder entfallen war. Und ich schickte ihm jeden Tag eine E-Mail. Wir telefonierten abends. Eigentlich verbrachte ich die Tage damit, auf seine Mails und auf seine Anrufe zu warten.
Und auf meine Rückkehr. Als er mich in Tegel abholte, erschrak ich fast, so sehr freute ich mich, ihn zu sehen. Noch am Gepäckband dachte ich an die Möglichkeit, dass er mich vergessen haben könnte.
Es war ungewohnt. Nicht die Situation, sondern ich. Ich musste mich an mich selbst erst gewöhnen.
„Was machen wir die vier Tage eigentlich?" fragte er.
„Erstens sind es nicht mal drei Tage. Am Sonntag müssen wir schon wieder fahren. Außerdem wird uns schon was einfallen." Ich legte meine Hand auf sein Knie.
„Gut, fällt uns eben was ein."
„Hast du deine Kamera mit?"
„Nö."
„Na gut."
Ich verstand es. Er wollte einfach nur gucken, ohne im Hinterkopf ständig nach Motiven zu fahnden.

„Soll ich dich dann mal ablösen?" fragte ich.

„Mal gucken, jetzt geht es noch."

Wir waren gerade anderthalb Stunden unterwegs. Der Verkehr auf der A24 hielt sich in Grenzen. Es hatte aber gedauert, aus Berlin rauszukommen. Baustellen, Geschwindigkeitsbegrenzungen, Slalomfahrten von der einen zur nächsten Spureinengung.

„Det is Berlin", hatte er gesagt.

Aber nun war alles frei. Ich raschelte mit dem Ausdruck vom ADAC-Routenplaner, las abermals alles durch, wollte nach der Karte greifen.

„Ja ja", sagte er, „jetzt ist gut. Ich habe geguckt. Wir finden das schon."

„Okay."

„Kannst auch nicht einfach mal sitzen, was?" fragte er spitz.

„Schlecht."

„Dann üben wir das die nächsten Tage. Soviel wird da oben nicht passieren."

„Ich habe Kondome mit", griente ich.

„Das ist ja interessant. Darf ich dann auch mal sitzen?"

Später hörten wir Radio. Einfach so. Ohne viel zu reden.

„Zu laut?" fragte er ab und zu in meine Richtung, und ich schüttelte den Kopf.

Er fuhr die ganze Strecke, ohne dass ich ihn ablöste. Wir legten eine kurze Rast ein, standen fünf Minuten auf einem Parkplatz, dann ging es weiter.

Als wir Marina Wendtorf gefunden hatten und der Beschreibung von Röschens Schwester gefolgt waren, standen wir vor drei Wohnblöcken.

Sie sahen fast aus wie Plattenbauten. Wir stiegen aus und sahen uns um. Alles war auf eine beeindruckende

Weise grau. Ein verwirrendes Gemisch verschiedener Grautöne eigentlich. Der Himmel hatte sich an diesem Donnerstag für ein leicht strahlendes Taubengrau entschieden, das schiefergraue Meer hinter dem asphaltgrauen Weg auf dem Deich, die drei Apartmenthäuser, hellgrau, etwas verwaschen mit einem leichten Ockerton, der vor zwanzig Jahren wohl geleuchtet hat, und Fenstern, in denen sich das graue Meer und der graue Himmel spiegelten.

„Haus Sonne", las er laut vor. Jeder Block hatte einen Namen.

„Wir sind im Haus Meerblick. Da." Ich zeigte auf die mittlere Anlage.

Wir holten unsere Taschen aus dem Kofferraum und wagten uns vorsichtig näher. Ein verrostetes Fahrrad ohne Luft in den Reifen stand in einem Fahrradständer, der einzige Farbtupfer im Karree waren die Container für Grün-, Weiß- und Braunglas.

„Ist ja fast wie im Osten", sagte ich belustigt und ungläubig.

„Dacht ich auch grad", bestätigte er trocken.

Wir fanden unseren Eingang und die Tür zum Apartment. Der Name von Röschens Schwester an der Tür stand in hellem Holz auf dunklem Holz, eine Laubsägearbeit in Frakturbuchstaben.

„Schick", sagte er kleinlaut.

„Na dann." Ich atmete durch und schloss die Tür auf.

„Das ist also das Apartment", sagte er lakonisch, die französische Aussprache benutzend, als wir im Zimmer standen. Reichlich dreißig Quadratmeter mit einem verglasten Balkon und einer Küchenzeile in Kirschholzfurnier. Ein beiges Sofa, ein niedriger Couchtisch in Mahagoni, eine Schrankwand, bucheähnlich. Kleiner

Fichtetisch mit einem Aschenbecher aus Pressglas auf einem Plastikdeckchen, das wie geklöppelt aussehen sollte. Zwei Stühle, die mehr zu Esche tendierten, braune Auslegware, die sich an den graugestrichenen Sockelleisten hochwölbte. Noch ein Tisch auf dem Balkon, rosa Wachstuch, eine Gartenbank in ziegelrot dahinter. Ein Knoblauchzopf am Fenster.

Das Bad war klein, eine Duschkabine, ein Waschbecken und gerade noch Platz für eine Plastiktonne, die wohl für dreckige Wäsche gedacht war. Lindgrüne Fliesen, ein lindgrüner Plastikspiegelschrank, darunter zwei lindgrüne Plastikhalterungen mit lindgrünen Zahnputzbechern. Im etwa zwei Quadratmeter großen Flur ein Einbauschrank in vergilbtem Kunststoff, drin zwei Wolldecken.

„Man kann es schon schön haben", sagte er.

„Ja. Und mondän."

Er ließ sich auf das Sofa plumpsen.

„Komfortabel."

„Ob es Sektkühler in Plastik gibt?" Ich ließ mich neben ihm nieder und legte meinen Kopf an seine Schulter.

„In Plastik nicht, aber bestimmt aus Holz. So ein kleiner Waschtrog, wo dann der Sekt rausguckt. *Faber* natürlich. Oder *Rotkäppchen halbtrocken*."

„Igitt. Du bist böse."

„Selber."

Wir kicherten, sahen uns immer wieder um und kicherten weiter.

„Apartments im Haus Meerblick! Ein Erlebnis", sagte ich mit schönster Werbestimme.

„Mein Auto, mein Pferd, mein Apartment in Marina Wendtorf", erwiderte er, imaginäre Polaroids auf den realen Couchtisch werfend wie Trümpfe beim Skat.

„Ein Land, ein Bier, ein Apartment."

Aus dem Lachen wurde ein Kreischen.

„Auf diese Platten können Sie bauen."

Wir rangelten miteinander, ich stieß gegen den Tisch.

„Quadratisch, praktisch, tot!" rief ich.

Er nahm mich in den Schwitzkasten. „Marina Wendtorf – wir haben verstanden!" Dann zog er fester.

„Ja, ist denn heut scho Weihnachten?" presste ich hervor. Und dann sagte ich: „Au." Er ließ los. Wir lachten zu laut für das kleine Zimmer, kitzelten uns, lachten noch lauter, quiekten wie Schweinchen, bekamen kaum Luft – bis es an die Wand klopfte. Dreimal. Mit der Faust.

Wir sahen uns erschrocken an, und dann lachten wir weiter.

Und wir liebten uns. Ganz gierig, ganz glücklich und ganz, ganz still.

Vor dem Umzug habe ich alte Bilder von mir angesehen. Und ich bin erschrocken. Ich finde, ich sehe auf den Fotos von vor zehn Jahren älter aus als heute. Nichts stimmt, alles scheint zusammengesetzt aus Geborgtem. Die Mode, der Haarschnitt, das Lächeln. Nichts gehörte mir; es war nur abgekupfert. Sogar meine Ansichten waren Second-Hand. Ich klaubte mir alles zusammen, nahm alles mit, von dem ich dachte, ich könnte es brauchen. Aber ich wurde nicht so, wie ich sein wollte.

„Wenn du lange genug den Starken mimst, bist du's irgendwann auch", höre ich Christiane sagen. „Das Äußere geht irgendwann nach innen."

Aber Lillian erwiderte: „Du bist nur, was du bist, aus deiner Haut kommst du nie raus. Und wenn es innen nicht stimmt, dann stimmt es außen auch nicht."

Ja, so sagte sie es. Ohne Vorwurf, ohne Angriff. Es war keine Spitze gegen jemanden. Und ich, der ich eine Sekunde vorher noch Christiane beigepflichtet hätte, gab ihr recht. Sofort.

„Ja, so ist es", wollte ich antworten, aber ich tat es nicht.

Jetzt nicke ich zustimmend, obwohl weder Christiane noch Lillian hier im *Gottlob* am Tisch sitzen, obwohl mir nicht einmal einfällt, wann und wo diese Sätze gesagt worden sind.

Die Kellnerin kommt mit einem vollen Tablett vorbei und wirft einen kurzen Blick auf mein Glas und zwinkert mir zu. Schuldbewusst erwidere ich ihr Lächeln und trinke einen Schluck.

Die Akazienstraße ist ruhig, die Geschäfte sind schon zu. Ein paar Autos suchen Parkplätze, brummen mit verhaltener Wut.

Das Leben geht schnell vorbei. Zu schnell. Dieser Gedanke schießt mir durch den Kopf wie der Wilhelm-Tell-Pfeil in den Apfel. Es dauert nicht lange. Die letzten Jahre sind vorbeigerauscht. Die nächsten sind schon dabei. Was kann da noch alles kommen in dieser erschreckend kurzen Zeit? Wozu soll man Angst haben? Alles geht zu schnell, um Angst zu haben. Es hilft nichts, mit dem Schlimmsten zu rechnen.

Ich liebe ihn. Ich weiß es so erschreckend genau. Ich habe keine Deckung, keinen Mauervorsprung, hinter dem ich mich verkriechen könnte. Ich habe meinen geschützten Bereich aufgegeben.

„Bringst du mir noch ein Bier?" Fast flüstere ich es ihr zu, als sie vorbeikommt.

„Klar", nickt sie, sanft und nachsichtig.

Haben wir uns zu schnell entschieden? Gab es Zeichen, die ich übersehen habe, wie ein missachtetes Stoppschild?

Wieso bringt mich ein kleiner, gelber Zettel aus meiner Fassung? Es ist doch lächerlich, weil er womöglich gar nicht dort ist, und wenn er dort ist, kann es immer noch eine missratene Verabredung sein, selbst wenn er mit *Skinlthrhunk27* schläft, heißt das nichts. Außer, dass er es genießt, mit einem zehn Jahre jüngeren Mann zu vögeln, nur weil ihn ein zehn Jahre jüngerer Mann, der ins Sportstudio geht und geil in Leder aussieht, begehrt.

Das ist ein Grund, aber das hat nichts zu bedeuten. Natürlich nicht.

Ich werde es nicht erwähnen. Stattdessen glaube ich ihm seine offizielle Version, dass er heute Abend fotografiert. Irgendeine dickliche Parteivorsitzende oder einen gedrungenen Staatssekretär, vielleicht ein Filmsternchen, einen Bürgermeister oder den kalkuliert erbosten Vorsitzenden eines gemeinnützigen Vereins, der sich über die gekürzten Fördergelder der Zukunft aufspult. Genauso werde ich das machen. Basta.

Das ist erwachsen, das ist richtig eingeordnet, das ist verhältnismäßig. Ich kann mich jetzt in aller Ruhe betrinken oder es sein lassen.

„Hier, dein Bier", sagt sie. Ich sehe ihre grünen Augen und finde, dass sie schön sind. Sie wischt kurz mit einer Stoffserviette über den Tisch. „Liebeskummer?"

„Wie?"

„Das wird schon." Sie sagt es und nimmt den Aschenbecher mit.

„Klar", rufe ich ihr leise hinterher, aber es gilt nicht ihr.

Wofür soll ich mich bemitleiden lassen? Für nichts. Nichts ist passiert, ich habe eben beschlossen, dass nichts passiert ist. Und wenn, dann ist es banal.

Alles wird sich auflösen, in Wohlgefallen, denn die Leute lieben Beziehungskomödien. Dutzendgesichter sagen Dutzendsätze in Dutzendkonflikten. Alle sind unter dreißig, haben keine finanziellen Probleme und schließen nie ihr Auto ab.

Mitspielen sollte ich. Mir einen suchen, der nicht zu gefährlich und nicht zu harmlos aussieht, an dem man sich nicht gewöhnt, weil er bloß ein Ersatzteil ist. Ganz hübsch und nicht ganz blöd, angenehm durchschnittlich, solange man nichts mehr erwartet. Menschliches Fastfood. Ich könnte jetzt losgehen oder mich sogar hier im *Gottlob* umsehen. Die Stadt ist voller Schwuler, die sich aufgabeln, beschlafen und vergessen lassen. Bequem und leicht zu bedienen wie Geldautomaten. Noch kann ich ebenso funktionieren, noch gehöre ich nicht zu den Auslaufmodellen, die nicht bemerkt haben, dass ihre Technik veraltet ist und sich niemand mehr anstellt ihretwegen.

Berlin ist voll davon, von alten und neuen, viel benutzten und oft übersehenen, kaputten und von solchen, bei denen nicht einmal ein Code zu knacken wäre, denn sie zeigen ihren Code. Und kaum jemanden interessiert es. Höchstens früh um vier im Darkroom.

Ich könnte, wenn ich wollte. Trotzig sein. Es ihm heimzahlen, ohne dass er etwas erfährt. Einfach so. Es ist Sport.

Seine und meine Männer der Vergangenheit würden einen mittleren Saal füllen. Ob ich darauf stolz sein soll, weiß ich immer weniger. Vielleicht bin ich mit ihm zusammen, weil diese Spiele keinen Spaß mehr gemacht haben, weil das Gewinnen und Verlieren mich immer weniger freute und noch seltener ärgerte.

Wir könnten beide wieder damit beginnen. Nebenbei. Ohne dieses schlechte Gewissen.

Vielleicht täte es uns gut?

Kann man sich lieben und trotzdem durch die Gegend vögeln? Es gibt genug Schwule, die genau das tun. Es scheint sie nicht zu schmerzen, ihren Freund in den Armen eines anderen zu wissen, es nicht bloß zu ahnen. Sie scheinen sich deswegen nicht in Frage stellen zu lassen. Ich habe nie gewusst, ob ich sie darum beneiden soll. Ebenso wenig wagte ich, sie zu verdammen, ihnen vorzuwerfen, sie führten eine Zweckgemeinschaft. Ob genau das der Idealzustand ist, die maximale Qualität einer Beziehung? Wenn diese Stufe wirklich so weit oben liegt, dann habe ich sie noch nicht erreicht. Dass man sich liebt und den Sex mit anderen von dieser Liebe trennt, ihn separiert wie Wurst- von Käsescheiben in Tupperware.

Möglicherweise haben wir eine offene Beziehung; er hat es mir nur noch nicht mitgeteilt. Und wenn ich es wüsste, wenn ich es heute Abend erfahren würde, dann wäre ich nicht reif dafür. Die Herausforderung wäre dann, sich damit einzurichten, denn ich will mit ihm zusammenbleiben. Solange auch er mit mir zusammenbleiben will, dann wird sich ein Weg finden. Aber wenn ich diese Möglichkeit ablehnen sollte, wie es mir meine Angst diktiert, dann wäre alles vorbei, früher oder später. Die Logik greift nicht, würde sie es tun, säße ich nicht hier.

Das Bier schmeckt mir nicht. Als hätte sie es geahnt, steht die grünäugige Kellnerin neben mir. „Und?"

„Ich bezahl dann mal."

Sie sieht sich kurz um, dann beugt sie sich zu mir herunter.

„Ist okay", flüstert sie und bedeutet mit einer Kopfbewegung, dass ich meine Geldbörse wegstecken kann. „Mach keine Dummheiten. Das passiert so schnell." Sie betont das „so" bedrohlich, ihre Augen werden schmal, als wisse sie längst alles. „Dass man Dummheiten macht, meine ich."

Nicht einmal nicken kann ich. Ich sehe sie an, und plötzlich ist es tatsächlich so, als würden wir uns kennen, schon immer. Wie im *Tatort*, eine Kommissarin, die das Leben kennt, und ein potenzieller Täter, dem sie alle Verbrechen ansieht, die er gerne begehen würde, wenn er nicht so verdammt feige wäre.

„Danke", entfährt es mir. „Ich danke dir."

Sie nickt, und plötzlich verwandelt sich die Ermittlerin wieder in ihre Undercover-Existenz, in eine Agentin mit perfekter Tarnung, die mein leeres Glas wegnimmt und den Nebentisch mustert.

„Noch eine?" fragt sie die Frauen dort und deutet auf die leere Karaffe.

Die beiden Frauen nicken. Aber sie sind nicht eingeweiht, sie können nicht ahnen, dass sie von einer Kellnerin bedient werden, die ihnen alles ansieht, was sie zu verbergen suchen.

Du bist wieder da.

Du kommst herein, stellst die Fototasche in den Flur und setzt dich neben mich. Du siehst, dass ich gewartet habe. Und es wundert dich nicht.

„Ich habe mir etwas vorgemacht", sagst du.

Es klingt hilflos. Und ich weiß sofort, was du meinst. Es ist ausgebrochen. Eine seltene Krankheit, eine Malaria der Gefühle. Du brauchst einen Mann. Einen richtigen Mann, einen, der sich verkleidet und der unangreifbar ist, der nicht schwach, nicht so voller Zweifel, nicht so schnell aus der Fassung zu bringen ist wie ich. Du brauchst einen, der sich stark zeigt und keine Schwäche kennt.

Ich kann dir nicht böse sein über diesen Versuch mit mir. Ich kann dir nicht geben, wonach du dich sehnst. Konnte es nie. Nur davor beschützt habe ich dich für eine Weile, vor dieser Sehnsucht, sie zurückgedrängt, vergessen aber konntest du sie nie.

Das Fieber deiner Fantasie ist wieder ausgebrochen. Ich bin nicht außergewöhnlich, ich sehe in schwarzem Leder aus wie auf dem Kindermaskenball. Zu diesem Bild in deinem Kopf passe ich nicht. Und das weißt du seit heute.

„Ja", sage ich.

Wir gingen spazieren, liefen kilometerweit auf dem Deich entlang. Uns kamen Senioren auf Fahrrädern entgegen und grüßten. Andere fuhren Inline-Skates, übten vorsichtig, mit Fahrradhelmen, Knie- und Ellbogenschützern versehen, und grüßten auch. Wir kamen uns auch wie Rentner vor. Aber es war nicht schlecht. Wie auf einer Zugfahrt, auf der man das Buch vergessen und keine Zeitung gekauft hat, also zum Nichtstun verdammt ist. Einfach aus dem Fenster sehen. Auf die vorbeischwingende Oberleitung starren, sich im Fensterspiegel betrachten, Landschaften ansehen wie animierte Postkarten, Städte begutachten, Menschen mustern, die auf Bahnhöfen warten.

Wir saßen nicht fest, wir blieben sitzen. Die Zeit begann in diesen Tagen, sich zu verlangsamen.

Im kleinen Hafen lagen Jollen. Jachten konnte man sie nicht nennen. Eher bessere Boote, luxuriöse Kähne. Es war zu kühl zum Baden. Wir saßen am Strand. Die Sonne kam ab und an durch die Wolkendecke. Es regnete nicht. Wir besichtigten ein U-Boot. In einem kleinen viereckigen Bau aßen wir Lachs. *Ösfass* hieß das Restaurant. Abends fanden wir in der Schrankwand ein Scrabble, ein Mensch-Ärger-Dich-Nicht und ein Kunstlederetui mit abgegriffenen, unvollständigen Rommé-Karten. Also spielten wir Scrabble auf dem Balkon.

Und wir waren müde abends, sahen verwundert auf die verschnörkelte Schmiedeeisen-Uhr, auf der es gerade mal kurz nach neun war.

„Wir könnten ja mal nach Kiel fahren", sagte ich, als wir die Couch ausgeklappt und uns hingelegt hatten.

„Ach, lass mal."

Ich langweilte mich nicht, aber ich hatte Angst, er könnte sich langweilen.

„Hätt ja sein können."

„Lass uns einfach mal hier sein. Ist doch mal schön. Du musst nicht ständig einen Schritt weiterdenken."

„Wie?"

„Du bist immer so schnell. Während du das eine machst, denkst du schon ans nächste."

Es klang wie Kritik, obwohl es sich nicht so anhörte, ich schluckte.

„Was meinst du?"

„Beim Spazierengehen machst du dir schon einen Kopf, wo wir essen. Beim Essen warst du vorhin schon am Nachdenken, was wir danach anstellen könnten." Er holte Luft und hielt mich noch ein wenig fester. „Das ist nicht schlimm, aber du kannst das Tempo mal runterschalten. Wenigstens für die paar Tage hier."

Es leuchtete mir ein, aber ich fühlte mich verletzt, ganz leicht gestreift von einer Messerspitze.

„Bin ich dir zu hektisch?"

„Nein. Ich habe das halt beobachtet."

„Hm."

Wir schwiegen. War das ein Vorwurf? Ich spürte, wie sein Mund an meinen Haaren knabberte.

„Nervt es dich?" fragte ich vorsichtig.

„Nerven ist zuviel gesagt. Es ist mir aufgefallen. Ich denke immer, es wird sich schon finden. Wenn wir Hunger haben, gehen wir eben was essen. Du denkst schon über das Essen nach, wenn du noch keinen Hunger hast."

„Könnt ja sein, du hast Hunger."

„Dann sag ich dir das schon."

Nach einer Pause sagte ich: „Ist mir noch nicht aufgefallen."

„Ich weiß." Er gab mir einen Kuss auf den Kopf.

Wir hätten uns streiten können. Zum ersten Mal. Aber er sagte diese Dinge ganz normal, ohne den Vorwurf, vor dem ich mich ängstigte. Ja, ich dachte schon weiter. Sogar jetzt stellte ich mir vor, was dahinter stecken könnte, anstatt dass ich mich auf seine Sätze konzentrierte.

„Manchmal glaube ich, dass ich das nicht verdient habe. Das mit dir."

Sein Mund hörte auf zu knabbern.

„Wie?"

„Ich bin nicht so gelassen. Du bist souverän, ruhig. Dagegen bin ich ein Bündel aus Komplexen."

„Quatsch! Wir haben uns verliebt. Nun sind wir zusammen und mir gefällt es."

„Mir gefällt es auch. Ich hab nur manchmal Angst, du könntest abhauen."

„Mach ich den Eindruck, dass ich so leicht abhauen könnte?"

„Nein."

Er drückte mich. Kein Streit. Ich spürte wieder seinen Mund. Das Meer rauschte, wir hatten das Fenster einen Spalt offen gelassen.

Ich fragte mich, ob ich ihm derlei Dinge ebenso sagen könnte. Einfach etwas sagen, ohne ihn anzugreifen, doch ich wusste in diesem Augenblick, dass ich es nicht konnte. Noch nicht. Aber ich wollte es lernen.

Ich schlief ein auf seiner Brust.

Ich gehe noch einmal um den Block. So hat er die Möglichkeit, in die Wohnung zu kommen, ohne dass ich es bemerke. Er wäre dann schon da, wenn ich heimkäme. Vielleicht sind es zehn Minuten, die ich für diesen Umweg brauche. Grunewaldstraße, Hauptstraße, dann wieder in die Akazienstraße. Das sind mehr als zehn Minuten.

Es dämmert, ein paar Autos fahren schon mit Licht.

Es gibt Leute, die meinen, dass wir Menschen Krisen brauchen. Nur so wachsen wir. Wir legen uns mit Kollegen an, streiten uns, intrigieren oder sind Opfer von Intrigen. Wir lassen die anderen nicht einfach leben, sondern bemühen uns nach Kräften, anderen das Leben schwer zu machen. Konkurrenz. Neid. Oder einfach Langeweile, Boshaftigkeit und Unvermögen.

Wir sind selten dort, wo wir eigentlich gerne wären, an dem Platz, der uns zusteht, den wir für unsren verdienten Platz halten. Weil wir den Wald vor lauter Bäumen nicht sehen, weil wir uns nicht an diesen richtigen Platz wagen, denn wären wir dort, müssten wir bleiben, weil der richtige Platz etwas Entgültiges ist.

Wir leiden unter Eltern, wünschten, sie wären tot, und wenn sie sterben, dann erst schämen wir uns für derlei Gedanken. Wir verschweigen, wir lügen zuweilen, sehr oft sogar, weil wir dem Belogenen die Wahrheit nicht zumuten wollen, dabei muten wir sie uns selber nicht zu.

Wir haben nicht Angst vor der Wahrheit, sondern vor der Antwort auf die Wahrheit.

Wir treiben Risikosportarten, wir treiben Risikosex und verfallen Risikoanlagen. Aus blanker Gier, aus schierem Übermut, aus purer Langeweile, weil wir uns ohne Krise nicht ertragen. Uns selbst nicht, die anderen erst recht nicht. Wir sehnen uns nach Schwierigkeiten. Wir suchen uns Freunde, die Probleme haben, damit wir uns besser fühlen und um genau diesen Freunden die Schuld abzunehmen, dass sie ihr Leben nie meistern werden.

Alte Leute reden zuweilen vom Krieg wie von einem Glücksfall. Weil die Menschen damals zusammengerückt seien, weil Überlebende sich aneinander geklammert hätten, weil sie ihr Elend erst dadurch ertragen konnten, weil es aller Elend gewesen ist. Unglück verbindet.

Glück schweißt nicht zusammen, Glück trennt.

In Mecklenburg müssen die Witwen in den Dörfern ein Jahr Schwarz tragen. Viele tun das wirklich noch. Alle wollen ihr Unglück sehen. Es ist befriedigender, als einem glücklichen Menschen in die Augen sehen zu müssen. Und die Witwen bekommen das, was sie am meisten entbehren müssen: Aufmerksamkeit.

Es ist Krieg. Immer.

Wir brauchen Krieg. Diese Zerstörung um ihrer selbst willen, Kinder, die Häuser aus Legosteinen bauen, nur um sie wieder kaputtmachen zu können. Ich habe Indianerdörfer aufgebaut, Zelte, Lagerfeuer und Plastikkrieger. Aber es war schöner, einen nach dem anderen mit einem Einweckgummi abzuschießen. Und wieder von vorne anzufangen.

Nun biege ich von der Grunewald- in die Hauptstraße ein. Der Verkehr hält sich in Maßen heute Abend. Zwei Menschen kommen die Treppe der U-Bahnstation

Kleistpark herauf. Vor dem *Anderen Ufer* sitzen ein paar Männer. Ich sehe nicht hin. Ich will wütend sein, will diese Wut in die schlechte Stadtluft ablassen.

Zwei Jahre. Und durch einen lächerlichen Zettel mit einem lächerlichen Namen darauf, wegen einer bloßen Vorstellung, der vagen Möglichkeit einer Möglichkeit, zerfrisst mich der Zweifel. Einfach so. Wieso lasse ich das zu?

Ich hätte mehr von meiner Mutter lernen sollen. Wenn sie jemals Angst hatte, dann hat sie sich das nie anmerken lassen. Und ich glaube heute noch, dass sie keine hatte, dass sie alles einfach hinnahm, weil es nicht zu ändern war. Die Karten wurden neu gemischt, und es wurde weitergespielt. Vielleicht ist mein Vater ein ängstlicher Mensch gewesen, ein Hasenfuß, der sich aus dem Staub gemacht hat, der eine andere Frau geheiratet und ihr Kinder gemacht hat, und nun meiner Mutter, der Liebe seines Lebens, nachtrauert in einem Fertighaus in Thüringen. Wahrscheinlich benötigen Menschen wie er kein Alzheimer. Ihr Leben ist Vergessen.

Ich könnte bei *Skinlthrhunk27* klingeln. Ich weiß die Adresse. Ich könnte meinen Freund abholen. Wie ein Kind, das von der Mutter in die Kneipe geschickt wird, um dort den betrunkenen Vater vom Schnapsglas loszueisen.

Ich kann ihn nachher auf diesen gelben Zettel ansprechen, oder ich kann es lassen. Er kann sich vielleicht denken, dass ich Notiz davon genommen habe. Schließlich lag die Post daneben. Er hat ebenso Grund, sauer zu sein. Kleinigkeiten. Banalitäten. Aber Details sind gefährlicher als alles andere. Nebensächlichkeiten sind das Wesentliche.

Ich bin wahrscheinlich besoffen. Von zwei Bier besoffen.

Soll ich noch ein paar trinken? Dann könnte ich ihm eine betrunkene Szene machen, an die ich mich nicht erinnern müsste. Aber das sind Spielchen.

Wir haben seit fast drei Wochen nicht richtig miteinander geschlafen, wir haben uns nur entleert, hastig vor dem Einschlafen, obwohl wir müde waren, weil wir schlafen wollten und uns die Geilheit davon abhielt. Die Kondome und die Gleitcreme liegen noch genauso im Nachttisch, wie ich sie vor zwei Wochen hineingelegt habe.

Wir waren vom Umzug kaputt. Die drei freien Tage haben wir gebraucht, die Bücher zu sortieren, die Gardinen anzubringen, die Computer anzuschließen, Verteilersteckdosen zu suchen, Kartons wegzuräumen, schnell noch etwas zu essen am Abend.

Als wir noch nicht zusammengewohnt haben, gab es manchmal die Vorstellung in mir, dass jemand bei ihm ist. Dass jemand nackt auf seiner Couch sitzt, ihn streichelt und abwartet, bis wir unser Telefonat beendet haben. Diese Gedanken kamen, wenn seine Stimme ein wenig anders klang. Kühler vielleicht.

Wenn ich ihn fragen wollte, ob jemand neben ihm sitzt, fragte ich stattdessen nur: „Alles klar?"

„Ja, alles klar", sagte er dann.

Und ich machte mir vor, diese Antwort würde mich beruhigen. Und es schien auch zu funktionieren. Spätestens, wenn ich zu ihm ging oder wenn er zu mir kam, wenn er vor mir stand und strahlte, war wieder alles in Ordnung. Dann wurden alle Ängste lächerlich klein, und ich schämte mich zugleich für meine Verdächtigungen.

Einmal erzählte ich Christiane davon.

„Du kannst es wohl nicht fassen, dass du einfach Glück hast, hä?"

Sie sagte das aggressiv und spöttisch. Und ich erwähnte es nie wieder. Stattdessen hätte ich sie fragen sollen, ob sie nie Zweifel hat an ihrer Beziehung, ob sie diese Angst, jemanden zu verlieren, nicht kennt.

Vielleicht empfand sie meine Zweifel schlicht als Undankbarkeit.

Ich habe aber diese Angst. Wäre sie heute nicht ausgebrochen, dann hätte sie sich einen anderen Tag ausgesucht, einen anderen Anlass.

Es ist fast dunkel, als ich in die Akazienstraße komme. Vielleicht brennt Licht. Vielleicht ist er schon da. Vielleicht ist gar nichts passiert.

Christiane hatte „Überraschung!" gerufen, als ich fragte, was denn los sei. „Heute Abend um acht. Da könnt ihr beide. Deinen Mann habe ich auch schon gefragt."

„Gib mir einen Hinweis, damit ich weiß, was ich anziehen soll."

„Nix! Ihr seid da, sonst kracht's", sagte sie.

Wir standen pünktlich um acht vor ihrer Haustür.

„Nun bin ich aber gespannt", sagte er.

„Und ich erst", murmelte ich, als ich auf die Klingel drückte.

„Ja, wir kommen sofort", knarrte Christianes Stimme aus der Sprechanlage.

„Aha?"

„Wir sind in einer Minute unten!" Es klackte.

„Was soll das denn?" Er sah mich fragend an.

„Ich weiß es wirklich nicht. Was hat sie denn zu dir gesagt?"

„Dass es wichtig ist und dass wir um acht hier sein sollen."

„Hm."

„Mal sehen."

Christiane hatte uns beide einzeln angerufen. Sonst wurden unsere Verabredungen über mich abgewickelt. Es war ungewöhnlich.

„Essen?" schlug er als Erklärung vor. „Was Exotisches vielleicht."

„Dann hätte sie wenigstens gesagt, wir sollen uns aufbrezeln."

Im Treppenhaus ging das Licht an.

„Nur wegen einem Abendessen macht nicht mal Christiane so einen Terz."

„Lass dich überraschen", sagte er und niederländerte wie Rudi Carell.

„Alles ist drin", gab ich Linda de Mol-mäßig retour.

Er beugte sich kurz zu mir herunter und gab mir einen Kuss.

„Großer Mann", flüsterte ich, als ich die Augen wieder öffnete.

Wir hörten Schritte, forsche Damenpumps hallten, dann ging die Tür auf.

„He!" rief Christiane und küsste uns beide schmatzend auf je eine Backe. Lillian umarmte erst mich und dann ihn, sie deutete ihre Küsschen an, links und recht und noch mal links.

„Das ist französisch", hatte sie einmal gesagt, leicht schmunzelnd.

„So", sagte Christiane triumphierend und musterte uns.

„Das wollt ich auch grad sagen." Er legte mir seinen Arm um die Schulter. Irgendwie kam ich mir an diesem Abend kleiner vor. „Was hast du vor? Ist ja richtig mysteriös."

Die Frauen lachten.

„Geduld." Lillian zeigte die Straße runter. „Da geht's lang."

„Besonders aufgetakelt habt ihr euch nicht", stichelte ich nach ein paar Schritten.

„Nö, das werden wir schon noch machen, wenn alles so läuft, wie wir uns das zurechtgelegt haben."

„Ja, machen wir", bestätigte Lillian. „Versprochen."

Sie hielten also dicht. Die beiden Frauen übernahmen die Führung. Wir folgten, und sahen uns immer wieder fragend an. Christiane schaute ab und an über die Schulter und ließ Bemerkungen fallen wie: „Geht's noch? Dauert nicht mehr lang."

Die beiden kicherten nicht, obwohl sie strahlten und sich anlächelten, aber es war nicht verschlagen. Mit uns sollte offenbar kein böser Scherz gespielt werden. Sie schienen selber gespannt und weideten sich an unserer Ahnungslosigkeit.

„Nur noch um die Ecke", sagte Christiane.

„Merkt euch den Straßennamen. Braucht ihr vielleicht noch", orakelte Lillian.

„Was soll das werden?" fragte er. „Schnitzeljagd?"

„Nein", entfuhr es Christiane langgezogen und beschwichtigend.

„Die Kirche ist schön." Lillian zeigte auf das Gebäude, als hätten wir den roten Backsteinbau übersehen können. „Dahinter ist gleich der U-Bahnhof Eisenacher Straße."

„Gut, jetzt ist Stadtführung", stellte ich fest.

„Würdet ihr zwei euch vielleicht noch eine klitzekleine Minute gedulden, bitte?" Christiane war kurz stehen geblieben, warf uns für eine Sekunde einen strafenden Blick zu, als wären wir zwei Pekinesen, die zu sehr an der Leine ziehen.

„Gut", lenkte ich ein.

Er sagte: „Ja."

Vor einem frisch renovierten Haus blieben sie stehen und warteten, bis wir neben beiden Frauen standen. Christiane kramte in ihrer Hosentasche und holte einen Schlüsselbund heraus. Schlüsselbund war übertrieben, es war eigentlich nur ein Ring mit zwei Sicherheitsschlüsseln. Sie sah die beiden Schlüssel auf ihrer flachen Hand skeptisch an und entschied sich für den dunkleren, der benutzter aussah. Er passte in die Haustür. Christiane schloss auf und deutete mit dem Kopf, dass wir ihr zu folgen hatten.

Lillian war hinter uns, als müsste sie sicherstellen, dass sich keiner verdrückte.

„Wir müssen in den zweiten Stock." Christiane flüsterte es fast. Wir nickten, obwohl keiner von uns eine Idee hatte, was uns im zweiten Stock erwarten würde.

„Alles neu gemacht", sagte Lillian ebenso verhalten.

Wie auf Kommando sahen wir an die Decke.

„Is det Jugendstil?" flüsterte ich ihm zu.

„Nö, det is Stuck", antwortete er. Wir grinsten uns an. Unser Flüstern klang wie in einer Kirche.

Wir stiegen Christiane hinterher. Oben angelangt, sah sie wieder kurz auf die beiden Schlüssel, nahm den, der mehr glänzte, und steckte ihn ins Schloss der cremefarbenen Wohnungstür, an der mir das Oberlicht auffiel.

„So", sagte Christiane und stellte sich in die offene Tür. Nachdem sie „Moment" gerufen und ein Licht angeknipst hatte, machte sie einen affektierten Knicks und sagte: „Hereinspaziert, die Herrschaften!"

Wir kamen in den Flur, langgestreckt, großzügig, leer, frisch gestrichen. An der Decke nur eine nackte Glühbirne, die alles in ein hartes Licht tauchte.

„Riecht frisch", sagte Lillian hinter uns und sog demonstrativ die Luft in die Nase, als sie die Tür zudrückte.

„Ja."

„Also, ich beginne jetzt mit der Führung." Christiane stellte sich in Position wie eine Seifenoper-Darstellerin, die krampfhaft versucht, eine Immobilienmaklerin zu spielen.

„Wie Sie schon bemerkt haben, stehen wir hier im Flur. Die Wohnung ist großzügig geschnitten. Die Dielen sind alle frisch abgezogen." Sie drehte sich um und ging zur ersten Tür. „Eine klassische Wohnküche, das ist Lebensqualität, meine Herren. Ein großes Fenster zum Hinterhof. Sie haben also Ruhe und sogar eine Speisekammer. Die Einbaumöbel sind neu und vom Feinsten." Sie strich mit der flachen Hand über die Oberfläche eines der Hängeschränke. „Also, viel Platz. Der Kühlschrank reicht für zwei." Sie öffnete die Kühlschranktür und zwinkerte uns zu. „Oder drei." Sie ging zurück in den Flur. „Kommen wir zum Wohnzimmer. Großzügig, etwa fünfundzwanzig Quadratmeter, hell und freundlich. Da kann man doch was draus machen." Sie ließ das Wohnzimmer kurz wirken. „Von hier aus geht es ins Arbeitszimmer, kann aber auch ein Schlafzimmer sein. Auch nicht klein und ein Fenster nach hinten."

Wir sahen uns beflissen um. An den etwa dreieinhalb Meter hohen Decken gab es Stuck; die Fensterrahmen und sämtliche Türen waren frisch gestrichen.

„Durch den Flur kommen wir in das andere Arbeitsbeziehungsweise Schlafzimmer. Hier ist auch ein Balkon." Christiane ließ sich nicht beirren, sie spielte weiter, sprach etwas zu laut, dass es in den leeren Räumen hallte. „Und dahinter ist dann noch ein kleiner Raum. Zum Abstellen. Oder für Gäste."

Wir sahen uns auch hier um.

Plötzlich sagte Lillian, die bislang der Führung ebenso aufmerksam gefolgt war wie wir: „Alles in allem sind das gut hundertzehn Quadratmeter. Und der Preis ist auch okay. Eigentlich für Schöneberger Verhältnisse sündhaft billig."

Wir sahen Lillian an, dann Christiane und zum Schluss glotzten wir einander ebenso verständnislos in die Augen.

Alle vier schwiegen wir jetzt. Leise hörte man draußen die Stadt rumoren. Es klang fast wie entfernte Brandung. Nicht bedrohlich, sondern beunruhigend beruhigend. Fast vertraut.

Er ging ein paar Schritte im Kreis, blickte sich um wie in einem Museum. Dann stellte er sich wieder neben mich.

„Und?" fragte ich. „Wann zieht ihr um?"

Ich ahnte etwas, ähnlich wie die gedämpften Geräusche murmelte in mir eine Ahnung.

„Wir ziehen aber nicht um", sagte Lillian bestimmt.

Wieder wollte sich eine Stille breit machen. Aber er kam ihr zuvor.

„Sollen wir also umziehen?" Er stellte den beiden diese Frage, nicht mir. Sofort versuchte ich seinen Tonfall zu analysieren, suchte einen Vorwurf darin, ein Ablenken, Empörung oder die völlige Ungläubigkeit.

Weder nickten die Frauen, noch schüttelten sie den Kopf. Sie standen einfach da, mit Mienen, auf denen sich ein Lächeln spiegelte, aber auch eine seltsame Ernsthaftigkeit.

Ich dachte, dass ich jetzt etwas sagen müsste, etwas Neutrales. Ich wollte nicht zustimmen, und ablehnen wollte ich ebenso wenig. Stattdessen legte er mir den Arm auf die Schulter.

„Und was meinst du? Sollen wir zusammenziehen?"

Ich wurde rot. Plötzlich, als ich endlich verstand, was hier gespielt wurde, fühlte ich mich völlig überrumpelt. Mir schoss Wasser in die Augen, ich glaubte sogar, dass mein Herz kurz aus dem Rhythmus gekommen war.

Ich sah ihm an, dass er auf etwas wartete, dass er sich offenbar schon entschieden hatte. Er stand am anderen Ende der Brücke und wartete auf mich.

Christiane und Lillian schwiegen weiter.

Langsam begann es, in mir zu arbeiten.

„Warum nicht?" Aber ich war nicht bei mir. Sogar für mich klang das nicht überzeugend. „Wie habt ihr das eingefädelt. Ich meine: Wieso?"

Christiane zuckte mit den Schultern. „Ich kenne die Vermieterin. Und der Rest bestand aus zwei Telefonaten."

Lillian holte Luft, doch Christiane ließ sie den Satz nicht beginnen.

„Die Idee hatte mein Herzblatt hier. Lillian meinte, es könnte doch sein ..." Sie ließ den Satz in der Schwebe.

„Ja", sagte Lillian und lächelte. „Hab ich gemeint."

„Und?" fragte er nach einer Pause in meine Richtung.

Ich fühlte mich verloren. Er hatte mir gerade seine Liebe gestanden, und mich warf dieses Geständnis um, weil es jenseits von allen Glücksvorstellungen lag, die ich mir bis dahin auszumalen gewagt hatte. Benommen registrierte ich, wie sicher er sich offensichtlich war. Und es beschämte mich.

„Ja, ich glaub, wir könnten das probieren", sagte ich mit brüchiger Stimme.

Er nickte. Die beiden Frauen begannen, dezent durch die Wohnung zu schlendern und ließen uns allein im zweiten Arbeits- beziehungsweise Schlafzimmer.

„Gott", sagte ich.

„Was?"

„Ich hab vorhin erst gar nichts begriffen. Sorry. An so etwas habe ich noch überhaupt nicht gedacht."

Er nahm mich einfach in den Arm und sagte. „Ich weiß."

Er war warm, und ich schloss die Augen wie vor einem dieser seltsamen Träume, in denen weder Angst noch Freude vorkommen, sondern nur Verständnislosigkeit.

„Meinst du, wir kriegen das hin? Ich meine, es könnte ja sein, dass es zu früh ist."

„Wann, wenn nicht jetzt?" erwiderte er.

„Ja." An einen Stuhl dachte ich, auf den ich mich jetzt setzen könnte, aber es war kein Stuhl da.

„Lass uns mal gucken", sagte er leise. „Ich bin eh die halbe Woche weg, so viel auf den Geist gehen können wir uns gar nicht. Und am Wochenende sind wir eh zusammen."

Ja, es klang logisch, folgerichtig. Wir hielten uns noch umarmt, langsam ließen wir los. Wir gingen noch einmal durch alle Räume. Langsam, fast feierlich. Und wir begannen, in Gedanken einzurichten. Lillian und Christiane standen am Fenster, als wir in die Küche kamen.

„Wollen wir noch mal wetten?" zischte Christiane gerade Lillian zu.

„Was gibt's denn hier zu wetten?" fuhr er dazwischen.

„Och", gab sich Christiane unschuldig.

„Und? Macht ihr es?" fragte Lillian.

„Ja", sagte ich fest. Dann ging ich zu Christiane, baute mich vor ihr auf. „Aber vorher versohl ich dir den Arsch, du hinterhältiges, verschlagenes Biest."

„Ha", lachte sie, sprang vom Fensterbrett auf und drückte mich ganz fest. „Ich hab's gewusst. Ich hab's gewusst, du oller Doofer."

„Und ich muss meine Dickc jetzt zum Essen ausführen", sagte Lillian ernst. „Wir haben schließlich gewettet."

„Wer hat dagegen gewettet von euch beiden?" fragte ich.

„Keine", antwortete Lillian verwundert. „Ich hab nur aus Prinzip dagegengehalten. Sonst braucht man nicht wetten."

Wir lachten, als würde die Folge einer Serie zu Ende gehen, wie die *Waltons* nach fünfundvierzig Minuten.

Und es war das erste Mal, dass ich einem Idyll nicht misstraute, dass ich es hinnahm und genoss, ohne mich darüber lustig zu machen. Und ohne diese versteckte, allem misstrauende Angst.

Es war also ernst.

Es brennt kein Licht. Jedenfalls nicht im Wohnzimmer, das zur Straße zeigt.

Ich schließe die Haustür auf, und zum ersten Mal macht mir das knarrende Geräusch der dunklen Tür Angst. Es klingt bedrohlich, sie geht schwerer auf als sonst. Vielleicht ist in seinem Zimmer Licht, es zeigt in den Hinterhof. Das Treppenhaus ist still, nur ein Relais schnappt, schließt die Kontakte, und das Licht geht an.

Langsam gehe ich die Treppe Stufe für Stufe hinauf.

Eins, zwei, drei.

Das Linoleum ist neu, dunkelblau und glänzend. Ich weiß nicht einmal, ob hier jemand bohnert, wenn wir nicht da sind. Die Zierleisten sind aus Messing und glänzen.

Fünf, sechs.

Noch kann ich zurück und mich völlig betrinken, noch kann ich umdrehen und zu Christiane laufen, um mich auszuheulen. An der Wand sind zwei dunkle Striemen. Sind wir beim Umzug mit irgendetwas an der Wand entlanggeschrammt? Oder wer tut so was? Diese kleinen Dinge, Schrammen an der Wand, achtlos weggeworfene Zigaretten, oder Kaugummipapier, das jemand aus Bequemlichkeit fallen lässt, machen mich wütend.

Acht, neun, zehn.

Noch aber kann ich mich beruhigen, kann ich diesen hysterischen Tag vergessen und so tun, als hätte ich nichts gesehen, nichts gehört, nichts gelesen und nicht diesen gelben Zettel gefunden. Ob das Licht im Treppenhaus ausgeht, bevor ich an der Tür bin?

Zweiundzwanzig, dreiundzwanzig. Ich habe mich verzählt.

Wenn ich frage, wo er gewesen ist, dann wird er fragen, warum ich das wissen will. Was habe ich an seinem Schreibtisch verloren?

Es müssen genau vierzig Stufen sein, sonst bin ich im falschen Haus.

Einunddreißig, zweiunddreißig.

„Hallo."

Auf der letzten Stufe, der vierzigsten, sitzt Lillian. Sie hat eine Strickjacke an, obwohl es warm ist. Mit verschränkten Armen hockt sie da wie eine vom König verstoßene Prinzessin, die nicht einmal ihre Ballkleider mitnehmen durfte.

Lillian war noch nie allein bei mir oder bei uns. Von sich aus hat sie mich nie angerufen. Nur ab und an am Telefon sprechen wir miteinander, wenn Christiane nicht da ist oder zu tun hat. Jetzt fällt mir auf, dass wir uns nie allein getroffen haben.

„Hallo. Was machst du denn hier?" Ich sage es erstaunt, aber nicht abweisend. Das Lächeln, das sie probiert, misslingt gründlich. Sie wartet, bis ich die Tür aufgeschlossen habe, dann erhebt sie sich mühsam, immer noch die Arme verschränkt.

„Hast du schon lange dagesessen im Dunkeln?"

Sie schüttelt den Kopf und steht auf. „Zwanzig Minuten vielleicht."

Sie steht unter Spannung. Ich schließe auf, sie folgt mir.

„Willst du was trinken?"

„Hast du ein Bier?"

„Ein Bier?" wiederhole ich verwundert. „Ja, klar."

Wir gehen in die Küche, und sie nimmt am Küchentisch Platz.

Ich nehme zwei Becks aus dem Kühlschrank und stelle sie auf den Tisch. Ich öffne sie, lasse aber die Kronkorken liegen. Normalerweise würde ich sie sofort wegräumen, aber heute ist dafür keine Zeit.

Ein seltsamer Abend ist das. Die Küchenuhr steht noch auf dem Fensterbrett. Vielleicht wird sie immer da stehen bleiben. Provisorien sind dauerhaft. Es ist kurz vor halb elf.

„Ach", sage ich ertappt. „Das Glas habe ich vergessen."

„Quatsch!"

Ich setze mich hin und proste Lillian zu.

Sie löst die Verschränkung ihrer Arme und trinkt. Ich staune, wie selbstverständlich das aussieht, als gäbe es keinen Auratee mit Honig. In diesem Moment wird mir klar, dass ich Lillian, die Freundin meiner besten Freundin, die meine Chefin ist, nicht kenne. Dass sie einfach dabei war, wie ein Möbel, das in einem Raum steht, weil es genau da hingehört, an einem Platz, wo es nicht besonders ins Auge fällt, nicht stört, sich nicht aufdrängt.

„Was gibt's?"

Ihr Mund wird schmal und breit, es soll wie ein Lächeln aussehen.

„Kann sein, dass ich mich gerade von ihr getrennt habe."

„Kann sein?"

„Ja, kann sein. Ich weiß es nicht genau."

„Was war denn?"

Lillian nimmt noch einen Schluck.

„Was war? Was ist, musst du fragen."

„Also gut. Was ist?"

Lillian atmet durch und sieht mich an. Etwas spöttisch sagt sie: „Bonn ist in Berlin."

Das könnte eine Schlagzeile zum Regierungsumzug sein. Eine Kneipe könnte man so nennen.

Bonn ist in Berlin.

„Woher weißt du das? Hat Christiane das gesagt?"

Lillian schüttelt den Kopf.

„Ich habe den Anrufbeantworter vorhin abgehört. Und wenn man die alten Nachrichten nicht löscht, dann spielt er sie einem noch mal vor. Da war noch eine Nachricht drauf. Diese Frau hat angerufen." Lillian äfft sie nach. „Hallo, Chrissie! Birgit hier. Ich bin eben gelandet. Bis nachher hoffentlich."

Lillian macht eine Pause. Nun nehme ich einen großen Schluck Bier.

„Dann hab ich auf Löschen gedrückt."

„Aber ich denke, Bonn ist vorbei."

Bonn ist vorbei! Auch das wäre eine Überschrift für die Berliner Republik. Warum fallen mir solche Zeilen nicht in der Redaktion ein?

„Ich glaub, das war es nie."

„Aber die beiden haben sich doch ewig nicht gesehen." Dieser Satz braucht ein Anhängsel, also setze ich vorsichtig hinzu: „Soviel ich weiß."

Lillian nickt, dann schüttelt sie den Kopf und sieht sich blinzelnd um.

„Hast du keine Kerzen? Das Licht hier ist so kalt."

„Klar." Im Wohnzimmer steht der dreiarmige Kerzenständer. Ich beeile mich, ihn zu holen, und knipse auf dem Weg zurück das Flurlicht aus.

Ich zünde die Kerzen an, lösche das Deckenlicht und setze mich wieder hin. Lillian beobachtet alles gewissenhaft. Sie rückt den Leuchter, der zwischen uns steht, etwas näher an die Wand.

„Das mit Bonn war nie vorbei. Die haben immer Verbindung gehabt. Zumindest per E-Mail."

„Und woher weißt du das?"

Oder sollte ich besser nicht fragen? Wer weiß, was Lillian unternommen hat, um alles über Bonn zu erfahren. In Schubladen gewühlt, in Christianes Tasche nachgesehen oder ihr Passwort geknackt. Bis heute hätte ich ihr all das nicht zugetraut – und mir noch weniger.

„Ich weiß das eben. Sie hat ab und zu mal über Bonn gesprochen. Hat mir Grüße bestellt, damit das Ganze normal aussieht. Damit ich mir keine Gedanken mache."

„Aber vielleicht ist da wirklich nichts."

Diesen Satz sollte jemand heute abend zu mir sagen. Ich könnte ihn gut gebrauchen. Wenn ich ihn zu mir selber sage, funktioniert er nicht.

„Sie musste heute weg. Völlig unvorhergesehen natürlich."

„Und? Das passiert uns doch ständig."

Lillian lacht kurz auf.

„Ich spüre doch, wenn sie lügt."

Hat er gelogen vorhin, habe ich es gespürt? Kann er überhaupt gut lügen? Oder bin ich blind?

„Bist du nicht ein bisschen übersensibel?"

Lillians Gesicht wird plötzlich hart.

„Das hast du dir gedacht. Dass die kleine Lillian nichts schnallt oder ein Sensibelchen ist. Ich weiß, was ihr von mir haltet. Aber was soll's? Ich kann's nicht ändern. Ihr steht immer irgendwie auf einer Bühne, alle zusammen. Ihr braucht das. Das ist euer Job. Und das ist okay. Aber unterstell nicht ständig Leuten, die das nicht brauchen, dass sie unterbelichtet oder blöd wären."

„Nein, Lillian. Wir sind bloß laut. Das kommt vielleicht so an bei dir oder bei anderen. Aber es ist nicht so gemeint." Ich sage nach einer Pause: „Mit der Bühne hast du aber Recht."

Sie sieht skeptisch aus und mustert mich misstrauisch.

„Ich habe mit Christiane über Bonn geredet", sage ich. „Mir hat sie gesagt, dass das aus ist. Und dass du damals fast Schluss gemacht hättest. Das sitzt ihr noch in den Knochen, das kannst du mir glauben."

„Fast? Ich habe richtig Schluss gemacht. Ganz offiziell", weist sie mich scharf zurecht.

„Ja. Ich weiß. Aber Christiane hat ihre Lektion gelernt, wie ich sie verstanden habe."

„Dachte ich auch."

Ich antworte nicht.

Sie sieht sich um in der Küche. Sie war hier, als wir Einzug gefeiert hatten. Vor anderthalb Wochen. Die beiden konnten die Einladung kaum erwarten.

„Ihr seid ja fast fertig mit allem", sagt sie plötzlich. Ich stutze, sie wechselt das Thema.

„Ja, neue Vorhänge für das Wohnzimmer brauchen wir noch. Und Kleinigkeiten müssen gemacht werden." Ich zeige auf die Küchenuhr hinter ihr.

„Und die häng ich vielleicht doch noch irgendwann auf."

„Sie stört doch nicht da, oder?"

Lillian bleibt sitzen und sieht sich um, die Kerzen sind erstaunlich hell.

„Ein paar Möbel brauchen wir schon noch. Aber das hat Zeit. Und Geld hat's bis jetzt schon genug gekostet."

Lillian nickt. Ihre Flasche ist fast leer. Eigentlich will ich allein sein. Oder nicht? Es ist fast elf. Die Zeit vergeht schneller, wenn jemand da ist.

„Ich liebe Christiane zu sehr, das ist mein Fehler. Damals mit Bonn wollte ich ihr zeigen, dass ich auch anders kann, dass ich es satt habe, ständig zu verzeihen. Aber ich bin halt so. Ich verzeihe eben. Ich weiß, sie macht das nicht mit Absicht, wenn es wieder später wird oder wenn sie am Wochenende so kaputt ist und keinen Fuß mehr vor die Tür setzen mag. Das ist halt so." Lillian bemerkt, dass ihre Flasche leer ist. Sie sieht mich fragend an, ich springe auf und hole eine aus dem Kühlschrank. Sie wartet, bis ich sie geöffnet und ihr hingestellt habe.

„Ich hab meiner Mutter verziehen, dass sie einen Säufer geheiratet hat." Ihre Stimme klingt verändert, kälter als eben. „Und ich hab sogar dem Säufer verziehen. Obwohl der Alte es mir schwer gemacht hat. Aber das ist vorbei. Ich sehe sie nicht mehr. Er säuft noch, da bin ich mir ganz sicher. Und sie sitzt bei ihm und nimmt ihn in Schutz, wenn's brenzlig wird. Sie sind eben so. Ich hab ihnen Essen gemacht, seine Kotze weggewischt und sie gestreichelt, wenn sie sich wieder mal in meinem Zimmer verbarrikadieren musste. Wenn er wollte, dass ich Schnaps holen gehe, habe ich mich geweigert. Und sie hat zugeguckt, wie er mich verdroschen hat. Nebenbei habe ich meine Ausbildung abgebrochen." Lillian spricht beiläufig, sie gibt zu Protokoll, sieht mich an dabei, um sicherzugehen, dass ich in Kenntnis gesetzt werde von diesen Vorgängen, von denen mir nicht einmal Christiane je etwas erzählt hat. „Das ist alles vorbei. Und ich habe nur Christiane. Aber auch wenn das alles anders wäre, würde ich bei ihr bleiben wollen."

Ich sehe Lillian an wie eine Marienerscheinung. Ich weiß nicht, worüber ich mehr staunen soll: über das, was sie sagt, oder über den Gleichmut, mit dem sie es sagt. Und ich bin verletzt. Oder denke ich an Lillians Verletzung? Die Tatsache, dass mir Christiane nie etwas über Lillians Vergangenheit erzählt hat, ist eine Zumutung. Für mich und für Lillian.

„Bist du auch allein heute, oder wo ist er?" fragt sie.

Sie trifft. Sie spürt es.

„Er muss noch arbeiten."

„Aha."

„Ja."

Lillian lächelt mich abschätzig an. Wissend.

„Alles in Ordnung bei euch?"

„Ja. Ja, alles Roger." Ich stehe auf, um die leere Flasche wegzuräumen. „Soll ich vielleicht bei Christiane anrufen? Sie weiß doch nicht, dass du hier bist."

„Ist mir recht, dass die das nicht weiß."

„Na gut. Das musst du wissen."

Sie bleibt also. Und sie trinkt. Meine Flasche ist noch halb voll. Und ich muss aufs Klo.

„Entschuldige, bin gleich wieder da."

Lillian nickt.

Es klingelt an der Wohnungstür.

„Soll ich aufmachen?" ruft Lillian aus der Küche.

Ich bleibe wie erstarrt vor der Badezimmertür stehen.

Der Umzugswagen war seit drei Stunden weg. Vier Männer hatten zwei Stunden zu tun, den Hausrat unserer beiden Wohnungen in den zweiten Stock zu bringen.

„Nie wieder Umzug mit Freunden, die werden auch nicht jünger", hatte er grinsend gesagt, als wir den Umzug planten.

Ja, wir planten. Wir setzten uns eines Abends hin und schrieben alles auf. Was wann wie und wo gelagert werden musste, welche Möbel wir behalten und welche wir weggeben oder im Keller unterstellen wollten. Wir lasen den Mietvertrag zusammen durch und unterschrieben beide. Wir. Plötzlich musste ständig „wir" gesagt und gedacht werden.

„Und ab heute schleppe ich auch nie wieder bei den Umzügen anderer Leute mit", sagte ich.

Die Kartons wurden geliefert, er packte seine Sachen ein, ich packte meine, zwischendurch telefonierten wir und informierten uns über die Fortschritte. Ich kümmerte mich um die Ummeldungen und um die Nachsendeaufträge. Er machte sich daran, eine Telefonanlage zu kaufen und installieren zu lassen, denn jeder sollte seine Leitung haben.

Wir fuhren Zimmerpflanzen und Computer mit seinem Auto in die Wohnung. Alles lief wie geschmiert, wir hatten nichts vergessen, wir gaben unseren Einstand als Team.

Er besorgte einen arbeitslosen Maler, der unsere Wohnungen vor der jeweiligen Übergabe streichen sollte.

Wir sortierten Geschirr, warfen weg, misteten unser beider Leben aus, suchten nach Überflüssigem, revidierten Meinungen. Er musste ab sofort auf das Zwiebelmuster von seiner Mutter verzichten. Ich habe mich schnell von Trinkgläsern getrennt, die mal Senfgläser waren.

Und nun, nachdem wir zum letzten Mal in seiner Wohnung zusammen geschlafen hatten, war es passiert. Wir waren angekommen in unserer Wohnung. Körperlich jedenfalls. Mit Sack und Pack.

Die Möbel und Lampen, die Kartons und Kisten haben wir auf die Räume aufteilen lassen. Jeder hatte seine beschriftet, zwei Wäschekörbe mit Geschirr und Kochtöpfen standen vor dem Küchenfenster. Blaue Müllsäcke mit Klamotten, eine Kleiderstange mit unseren Sakkos und Anzügen, die wir vorher schon transportiert hatten. Vier Zimmerpflanzen, unentschlossen im Wohnzimmer neben seiner Couch, hinter meinem Deckenstrahler. Der Esstisch schräg in der Küche.

Ich überlegte, ob ich mich anders fühlte, ob sich in mir etwas verändert hatte mit diesem Schritt. Aber ich fühlte nichts.

Ich hatte gerade seine Küchenuhr auf unser Fensterbrett gestellt und wollte beginnen, die beiden Wäschekörbe auszuräumen. Aber ich setzte mich an den Tisch. Ich war noch nicht da, doch ich kam langsam an. Ich sah mich um, erblickte den großen Ahornbaum vor dem Küchenfenster, atmete tief durch und genoss den Geruch frisch gestrichener Räume überall. Die weißen Wände, die sauberen Fensterscheiben. Wir würden uns vorsichtig bewegen in den ersten Wochen, immer darauf bedacht, dieses Neue überall so lange wie möglich neu aussehen zu lassen. Die Möbelmänner hatten keine Schrammen hinterlassen, kein abgeplatzter Türlack, keine Striemen an Möbeln, keine abgeschabten Stellen an den Wänden.

Ja, bis jetzt war es gut gelaufen. Und ich saß in unserer Küche. Zum ersten Mal bezog ich eine Wohnung nicht allein. Und plötzlich erfasste mich eine Angst. Als wäre ein Luftballon in meinem Bauch geplatzt, gefüllt mit Zweifeln, Bedenken und purer Angst.

Dass alles nur ein Traum war und dass ich gleich aufwachen würde. Oder dass es wahr ist und dass es ein Fehler sein könnte. Die Angst pfiff durch meinen Körper, kreischte hinter meiner Stirn und pochte in den Schläfen. Mein Herz schlug heftig.

„Gott", sagte ich leise und erschrocken zu mir selber. „Hör auf."

„Was ist?"

Ich fuhr herum. Er stand in der Tür. Ich starrte ihn für einen Moment an wie einen Geist.

„Du bist ja ganz blass." Er kam und legte mir seine Hand in den Nacken. „Was ist denn?"

Ich atmete durch. „Nichts. Bloß ein Anfall." Ich versuchte zu lächeln. Langsam bekam ich das Innenleben meines Körpers wieder unter Kontrolle.

Mein Mund war trocken. Und als ich dachte, die Angst hätte sich verflüchtigt und ich könnte ihm einfach einen Kuss geben und sagen, dass gar nichts sei, fragte meine Stimme: „Meinst du, wir kriegen das hin?"

Und in diesem Moment, als diese Frage meinen Mund verließ, als sie im Raum stand, in dieser frisch gestrichenen Küche mit den weißen Fliesen, dem Riesenkühlschrank, den leeren Schränken, mit den Wäschekörben mit seinem und meinem Geschirr und der ganzen Unordnung, war ich plötzlich ganz ruhig und zuversichtlich.

„Ich glaub schon, dass wir das hinkriegen." Er gab mir einen Schmatz auf die Backe. „Was sollen wir sonst machen? Bleibt uns nix anderes übrig." Er sagte es mit einem Lachen, aber es klang nicht sarkastisch. Er nahm einen Karton vom Stuhl und stellte ihn auf den Boden.

„Vorsicht, da sind Biergläser drin, glaube ich."

„Ja, ich pass auf", sagte er und setzte sich hin. „So. Pause."

„Ja, Pause", echote ich.

„Erst mal einen Kaffee?"

„Ja. Ich setz mal an."

Die neue Kaffeemaschine hatten wir schon ausgepackt, die Kaffeedose lag in Zeitungspapier ganz oben auf dem einen Wäschekorb. Ich holte sie, zerknüllte das *Tagesspiegel*-Zeitungspapier, es war das Feuilleton, und begann, Kaffee zu machen. Er sah mir zu.

„Die Tassen müssen da drin sein." Ich deutete auf den kleineren der beiden Körbe. Er kramte vorsichtig herum und fand zwei Pötte und spülte sie aus.

„Übertreib's nicht, die waren alle abgewaschen."

„Ja", sagte er, als er die Tassen auf den Tisch stellte. „Wie's hier noch aussieht überall. Das blanke Chaos."

„Ja, das wird schon. Wir können uns ja gegenseitig bei den Büchern helfen nachher."

Er kam einen Schritt auf mich zu und umarmte mich von hinten.

„Moment." Ich ließ den Filter einrasten und schaltete die Maschine ein. Dann drehte ich mich zu ihm um.

„Ich hab eine Idee", flüsterte er.

„Was für eine Idee?"

Er setzte eine schelmische Miene auf, seine linke Augenbraue zog er nach oben. Er griente.

„Sag ich nicht, sag ich nicht!" Er klang wie ein fürwitziger Hosenscheißer aus einer Kreuzberger Kiez-Kita.

„Doch."

„Ätschi-bätschi, sag ich nicht!"

„Mannoh!"

„Ätschi."

Ich fing an, ihn zu kitzeln.

„Du sagst das jetzt, sonst ..."

Er versuchte meine Hände abzuwehren.

„Was sonst. Willste petzen, hä?"

„Sonst ...", setzte ich an, aber anstatt eine Drohung auszustoßen, nahm ich seinen Kopf in beide Hände und zog ihn zu mir. Dann küsste ich ihn. Er roch nach Schweiß. Er roch nach Anstrengung. Er roch nach unserem Umzug und ich roch genauso. Er drückte mich an sich und küsste zurück. Wir hielten uns ganz fest. Und sollte wirklich ein Geist in diesem Altbau spuken, spätestens bei diesem Kuss hätte es ihm gereicht. Während die Kaffeemaschine sich Zeit ließ, ging ich auf die Knie und knöpfte seine alten Jeans auf.

„He!" Es klang, als wären wir in der Öffentlichkeit, als täte ich es in einer Umkleidekabine bei *H&M*. Aber es war unsere Küche. Und sollte so etwas bislang hier nicht passiert sein, dann musste sich das Ambiente darauf einstellen.

Ich kniete auf italienischem Fliesenboden und bediente meinen Mann. Bediente ihn mit aller Wonne und Gewandtheit, mit Rücksicht und Respekt, und mit allen Tricks, die meine Lippen, meine Zunge und mein Rachen auf den Spielplätzen der Lust gelernt hatten.

Er stützte sich auf der neuen Arbeitsplatte ab und sah mir zu. Obwohl ich am liebsten die Augen schließe bei derlei Verrichtungen, sah ich hinauf zu ihm. Er genoss mich.

Das nächste „He" klang schon atemloser.

„Mann!" Er ließ die Arbeitsplatte los und drückte meinen Kopf an sich, hielt ihn fest. Ich wollte nicht weg, aber es ist besser, wenn man weiß, dass man auch gar nicht weg kann. Ich musste Luft holen zwischendurch, weil ich an meiner Gier fast erstickte.

„Halt", rief er, aber ich hörte nicht auf.

Also kam er.

Und als er gekommen war, sagte er noch mal „Mann".

Wir blieben noch einen Moment in Position, ich sah mir die Flecken auf meinem T-Shirt an, dann stand ich auf, denn meine Knie taten weh.

„So, war's das, was du wolltest?"

„Nein", sagte er und knöpfte sich den Hosenladen zu.

„Dann erzähl."

„Wir trinken jetzt erst Kaffee, ist nicht so wichtig."

„Ach komm."

„Ist ja nichts Schlimmes." Er grinste und setzte sich. „Oh. Weißt du, wo die Küchentücher sind?"

„In der Kiste im Flur. Wieso?"

„Dann leck das sofort auf", befahl er und deutete auf den Küchenboden. „Die guten Fliesen!"

„Erst gibt's Kaffee. Darf ich das nachher noch auflecken, mein Meister?" flötete ich beflissen.

„Aber nur dieses eine Mal."

Ich schenkte ein, wir setzten uns und tranken schweigend.

Ab und zu grinsten wir verstohlen. Dann sahen wir uns wieder um. Wir saßen einfach da. Und in diesen Momenten sind wir wohl richtig angekommen in unserer Wohnung.

„So", sagte ich nach einer Weile. Meine Tasse war leer. „Wie machen wir dann weiter?"

„Bücher?" fragte er.

„Oder Küche?" schlug ich vor.

„Gut. Küche."

„Dann lass uns mal weitermachen."

Wir räumten zusammen die Schränke ein, sortierten Geschirr und entschieden uns, in welche Schublade die Bestecke gehörten, stellten Töpfe übereinander, räumten die Gewürze in den kleinsten Schrank, nachdem wir etliche wegwerfen mussten, weil das Verfallsdatum weit überschritten war. Er bohrte die Schiene für die Schaumlöffel und Quirle an die Wand über der Arbeitsplatte. Zwischendurch brachte ich die Säcke mit dem gebrauchten Zeitungspapier nach unten.

Wir redeten nicht viel dabei. Es ging flott, aber die Zeit verging auch schnell.

Als die Küche soweit fertig war und wir den Tisch näher ans Fenster gestellt hatten, sagte er: „Ich bin gleich wieder da."

Er ging hinaus, ich hörte ihn gegen einen Karton stoßen und lachen. Dann kam er wieder, mit der Kamera in der Hand.

„Stell dich hin. Wir machen jetzt Einzugsbilder."

„Mit mir drauf?"

„Ja, klar, mit wem denn sonst?"

„So?" Ich zeigte auf meinen Aufzug, das alte T-Shirt und die abgewetzten Jeans.

„Yep! Genau so."

Es blitzte.

„Aber da sind Flecken auf dem T-Shirt."

„Skandal!" sagte er entrüstet.

Und es blitzte wieder. Wir blitzten durch die ganze Wohnung.

Er auf dem Sofa neben Kartons, ich am Schreibtisch vor Kartons, er im noch nicht bezogenen Bett, ich am noch nicht angeschlossenen Fernseher, im Hintergrund nackte Fenster, Kartons und Kisten, Kisten und Kartons. Ich nahm ihm die Kamera weg und knipste ihn im Bad, im Flur und am Küchenfenster. Im Sucher wirkte er plötzlich unsicher, verschämt. Er versuchte, sich in Posen zu werfen, aber es gelang ihm nicht.

„Komm, gib's mir, Baby!" rief ich.

Er verlangte lachend die Kamera zurück, schaute auf das Display und zielte noch einmal auf mich.

„Sechsunddreißig Bilder reichen", sagte er dann und ließ den Film zurückspulen.

„Wer ist das denn jetzt?" fragte Lillian erstaunt und auch ein wenig erbost. Fast schien sie eifersüchtig.

Ich zucke mit den Schultern und gehe nicht ins Bad.

Es klingelt noch einmal.

„Vielleicht irgend so ein Typ, der Wurfsendungen verteilt?" schlägt sie vor.

„Nachts um elf?"

Ich gehe zur Tür. Ich nehme den Hörer von der Gegensprechanlage. Ich fühle mich, als käme ein Unheil, als würde ich es freiwillig eintreten lassen.

„Ja?"

„Ich!"

„Wer?" frage ich, obwohl ich genau weiß, wer da unten steht und „Ich" sagt.

„Mach auf."

Ich drücke auf den Summer und öffne die Wohnungstür einen Spalt, gehe aber zurück in die Küche.

„Das ist sie, oder?"

„Wirst du schon sehen."

Wir hören die Schritte immer näher kommen. Sie halten einen Moment im Flur inne, dann fällt die Tür ins Schloss.

Drei Schritte.

Im Türrahmen steht Christiane. Aufgebracht. Wütend. Keuchend. Ihre Locken sind zerzaust, ihr Gesicht rot.

„Hier bist du also", stellt sie fest.

„Guten Abend", sage ich ruhig.

Sie kommt herein, setzt sich neben Lillian seitlich auf den Stuhl und sieht sie an. Lillian aber blickt auf die Bierflasche und kratzt am Etikett.

„Kann ich dir auch was anbieten?"

„Wasser."

„Ja, wird gemacht." Am Kühlschrank zögere ich. „Soll ich euch lieber alleine lassen?"

Beide schütteln einhellig mit dem Kopf.

Ich schenke Christiane ein. Es ist still, die Uhr tickt.

Christiane nimmt einen Schluck Wasser, schnauft und stellt das Glas wieder hin.

„Herzchen. Jetzt sagst du mir, was du hier machst."

„Nichts. Wir quatschen."

„Aha. Quatschen."

„Ja, quatschen." Lillians Stimme klingt ganz harmlos, beiläufig und kalt wie ein sibirischer Wintertag.

„Und warum sitzt ihr zwei hier ..." Christiane macht eine kurze Pause und setzt spöttisch hinzu, „... und quatscht?"

„Weil es was zu quatschen gibt, denk ich."

„Jetzt soll ich dir wohl die Popel einzeln aus deinem schönen Näschen ziehen, oder wie?"

„Gut." Lillian schlägt mit der flachen Hand auf den Tisch. „Gut. Ich habe den AB abgehört und habe eine Nachricht von heute Vormittag gefunden. Und das war sie. Und sie ist in Berlin und sie will dich sehen. So." Jetzt sieht Lillian zu Christiane, die immer noch fast unbewegt dasitzt. „Und du hast sie wohl schon gesehen."

Christiane schluckt. Sie greift zum Glas, lässt es aber stehen. Sie zittert.

„Ich wollte das nicht hören. Ich hab auch nicht spioniert. Es war einfach ..." Lillian bricht ab.

Ich sitze den beiden gegenüber. Mein Blick geht hin und her wie bei einem Tennismatch.

„So", kommentiert Christiane.

Und ich denke: So macht man das. So sollte ich es tun. Betriebsunfall. Zettel. Nichts weiter. Aber das ist nur die halbe Miete, denn es fehlt bis jetzt die Antwort.

„Ja, so."

Wieder schweigen sie. Lillian trinkt Bier. Langsam müsste sie betrunken werden. Oder ich denke, dass es so sein muss.

„Hm. Ich habe den Spruch heute vormittag auch gehört", sagt Christiane.

Lillian reißt ein weiteres Stück Etikett ab und sieht zu ihr. „Und?"

„Und." Christiane lässt sich Zeit. „Was meinst du? Und."

Ich mische mich ein. „Nun mach's nicht so spannend, verdammt!"

Christianes Kopf fährt herum.

„Wir sprechen uns gleich noch. Erst mal hast du Pause."

Sie wendet sich Lillian zu.

„Komm, was meinst du, wo ich grad war."

Wie eine Mutter, die ihr unartiges Kind zur Rede stellt, klingt sie.

„Ich weiß nicht. Bei ihr?"

Christiane greift in ihre Tasche und holt eine zusammengefaltete Karte heraus.

„Hier. Lies das. Laut, bitte."

Lillian nimmt sie zögernd. Dann liest sie leise und tonlos:

„Einladung zur Pressekonferenz *Made in Berlin*, Beginn 19.00 Uhr, ICC."

„Also. Jetzt schnall dich an. Ich habe diesen Spruch heute morgen gehört. Und ich habe vergessen, ihn zu löschen. Stimmt. Aber ich habe nicht zurückgerufen." Sie greift in ihre Tasche und wirft das Mobiltelefon auf den Tisch. „Du kannst jetzt die letzten zehn Gespräche checken, du kannst nachsehen, ob sie noch mal angerufen hat. Und du kannst daheim die Wahlwiederholungstaste drücken. Wenn du das nicht eh schon getan hast."

„Nein, hab ich nicht."

„Dann mach's nachher. Ich habe nämlich nicht zurückgerufen. Und ich rufe auch nicht mehr zurück."

Christiane scheint noch wütend, aber sie ist immer ruhiger geworden. Mit jedem Satz.

Lillians Mund zieht sich etwas breit, versucht zu lächeln, aber es misslingt. Sie sitzt in ihrer Strickjacke da, starrt auf ihre Bierflasche, wagt, weder zu mir noch zu Christiane zu blicken. Und Christiane sieht sie an, mustert ihr Haar. Ratlos und atmend, die Lippen zusammengepresst.

„Tut mir leid, dass wir das jetzt in eurer Küche klären müssen", sagt sie zu mir, ohne mich anzusehen.

„Was muss, das muss."

Ich merke, dass die Ablenkung nicht funktioniert. Es ist wie ein Zeichen des Himmels: Sieh her, andere Leute haben auch Probleme, vielleicht viel größere, und ich mach mir Gedanken um einen verfickten gelben Zettel! Und jetzt greift mich wieder dieses ungute Gefühl, diese Ahnung, dass etwas sein könnte, gegen das ich keine Macht habe. Der Hinweis funktioniert nicht. Es ist spät, ich bin hier, er ist weg.

„Ich bin ganz schön doof, was?" flüstert es plötzlich aus Lillian heraus.

Christiane schluckt. „Ja, das bist du. Ja." Sie beginnt zu weinen. „Verdammt, ja."

Im nächsten Augenblick fallen sie sich in die Arme, und Lillian heult ebenfalls.

Ich sitze wie im Kino.

„Wollt ihr jetzt vielleicht einen Wein?" frage ich nach einer Weile. Sie halten sich noch fest, langsam lösen sie sich, und Christiane, das Gesicht verquollen und verheult, nickt und schnieft. Sie steht auf und reißt ein Küchentuch von der Rolle, um sich zu schnäuzen.

„Taschentücher hätten wir auch."

„Ja, ja." Sie knüllt das Papier zusammen und wirft es in den Mülleimer. Ich stelle ihr ein Glas hin und schenke ein. Christiane setzt sich wieder.

„So. Ich beeil mich, dann gehen wir dir hier nicht mehr auf den Zeiger."

„Kein Problem."

„Was ist, bist du heute abend Strohwitwer?"

„Ja."

„Muss er arbeiten?"

Ich will nicht zögern, aber ich zögere, weil ich das Ja einfach nicht herausbekomme. Ich trinke einen Schluck, weil dieses Ja sonst am Gaumen kleben bleibt, so trocken ist mein Mund.

„Ja." Meine Stimme klingt belegt.

Die beiden Frauen spüren etwas. Sie mustern mich.

„Ja", sage ich noch einmal laut und deutlich. Aber es klingt zu laut und zu deutlich, wie das Ja eines Angeklagten im Zeugenstand.

Christiane hatte die Idee. Es klang fast wie ein Witz, aber wir wussten alle, dass sie es ernst meinte.

Ich denke, sie hatte das lange geplant. Zwar ist sie spontan, schlagfertig, lässt sich oft hinreißen von einem plötzlichen Einfall und überraschenden Gedanken, aber diesmal war es kalkuliert. Es war zu genau platziert, zwischen Nachspeise und der zweiten Flasche Rotwein.

Wir saßen in unserer neuen Wohnung, Lillian und Christiane, er und ich. Ein Premierenabend. Wir weihten den Herd und die Dunstabzugshaube ein und hatten den neuen Küchentisch ausgezogen, aus Prinzip, denn wir vier hätten auch so Platz gefunden. Die beiden Frauen waren unsere ersten Gäste.

Im Flur standen noch Kartons, mein Arbeitszimmer lag voller unsortierter Papierstapel, die Flurgarderobe hatten wir noch nicht angeschraubt, die Vorhänge waren in der Reinigung, und an unserem Briefkasten klebte ein Stück Pappe, notdürftig mit Tesafilm befestigt, mit unseren beiden Nachnamen.

„Das wird schon", sagte er, wenn es mir nicht schnell genug ging. Es ging mir nämlich nie schnell genug, das Einräumen und Einrichten. Die Tatsache, dass wir zusammengezogen waren jedoch, war an Geschwindigkeit kaum zu überbieten.

Wir hatten für die beiden Frauen eine Führung veranstaltet.

„Toll", wiederholte Christiane wie ein aufgezogener Papagei, und Lillian nickte dazu. Sie strahlten beide.

Er servierte Spargel mit Schinken und Sauce Hollandaise, zum Nachtisch gab es Erdbeeren.

„Toll", sagte Christiane wieder und leckte sich Schlagsahne von den Lippen.

Lillian nickte.

Vielleicht hätte ich es ahnen können. Aber wir hatten den Kopf voll, waren eigentlich noch nicht soweit, Gäste einzuladen. Aber wir waren es Christiane und Lillian schuldig.

Nach der Führung, nachdem ich die zweite Flasche Wein entkorkt hatte und wir uns doch nicht ins Wohnzimmer setzten, sondern in der Küche blieben, sagte sie es.

„Wir könnten eigentlich heiraten, alle vier."

Wir drei, Lillian, er und ich, saßen wie versteinert da und sahen sie an. Ich hörte die Küchenuhr, die am Fensterrahmen lehnte, ticken. Christiane blickte provozierend in die Runde.

„Wie?" fragte er.

Christiane nickte heftig: „Ja."

Wir hatten uns nicht verhört, es war kein Witz und auch keine Sendung mit versteckter Kamera.

„Alle vier", sagte sie. „Entweder ihr zwei und wir zwei, oder wir machen das über Kreuz. Eine Doppelhochzeit. Mit Steuervorteil, Ehegattensplitting und allem Drum und Dran."

„Vielleicht noch mit ein paar eingefrorenen Spermaproben?" bemerkte er trocken.

„Warum nicht?" erwiderte sie kühl.

Wir fanden das alle nicht komisch, Christiane schon gar nicht. Lillian hielt sich zurück. Es war ihr nicht anzusehen, ob dieser Auftritt abgesprochen war oder pure Improvisation. Und dass wir es alle nicht komisch fanden, darin lag das Problem. Wir sahen uns an, ich nahm mein Glas und prostete den anderen zu. Neutral. Ich hatte einfach keine Antwort.

Es war ihr voller Ernst. „Kommt, wir sind alle Ende dreißig, wir wissen alle, was wir wollen. Wir sollten das jedenfalls inzwischen wissen. Ich denk einfach, es ist an der Zeit, erwachsen zu werden." Christiane nahm einen tiefen Schluck aus dem Glas. „Und außerdem bin ich es leid, diesem Staat mein Geld hinterherzuwerfen. Also, über kreuz? Raus aus der Steuerklasse 1?"

Lillian lachte kurz auf. Unecht und affektiert, wieder einmal war sie nicht zu entschlüsseln. Sie sah uns beide fragend und hilfesuchend an. Aber was sie von uns erwartete, konnte ich ihr nicht ansehen. Wollte sie ein „Ja", ein „Vielleicht" oder einfach ein „Hör auf mit dem Quatsch"?

Dass die beiden an Kinder dachten, dass sie sich ab und an mit diesem Gedanken beschäftigt hatten, wusste ich. Viele Frauen tun das. Sie sprechen von der biologischen Uhr, die sie ticken hören. Ich höre nichts ticken.

Christiane und ich hatten einmal darüber geredet, wie es wäre, ein Kind zu haben. Doch ich hatte nicht daran gedacht, dass ich auf der Liste stehe, dass die beiden Frauen mich, oder uns, einkalkulieren könnten, dass sie mit uns rechnen. Dass es einen Plan gibt.

„Ich will aber kein Blag", hatte ich Christiane gesagt. „Entweder ich will das dann mit erziehen und du lässt mich nicht, oder ich will nichts damit zu tun haben und muss trotzdem bezahlen und mich damit befassen im schlimmsten Fall. Nebenbei haben wir einen ziemlich kinderfeindlichen Beruf. Oder kennst du eine Oma, die uns helfen könnte? Nein. Geht nicht." Aber das war Theorie. Irgendein Zeitungsbericht von zwei Lesben, die sich einen schwulen Spermaspender gesucht hatten, war ihr untergekommen.

„Du rechnest immer mit dem Schlimmsten", hatte sie damals schnippisch gesagt.

Und nun? Er und ich als Samenbank?

Ich zuckte mit den Schultern. Er legte mir unter dem Tisch seine Hand aufs Knie, ich legte meine darauf.

„Und?" Christiane zog eine Augenbraue hoch, begann etwas diabolisch zu lächeln, als würde sie gleich die

Lösung eines Rätsels präsentieren. Lillian sah sie an. Nicht devot oder ergeben, sondern auf eine liebevolle und seltsam selbstbewusste Art. Zärtlich und dennoch klar, nicht mit diesen wolkigen Blicken, mit denen sich frisch Verliebte malträtieren. Er und ich hatten diesen Blick wahrscheinlich noch.

„Es geht jetzt um Hochzeit, oder? Nicht um irgendwelche Brutpläne", sagte ich scharf, um die Situation zu klären.

Christiane zog eine Schnute und nickte.

„Ja, so ungefähr. Über Kinder kann man ja noch reden. Oder?"

Lillian blieb neutral.

„Nein kann man nicht", sagte er ruhig, aber bestimmt.

„Und wieso nicht?" Christiane gab sich Mühe, ebenso gelassen zu wirken, aber ihre Frage klang spitz.

„Weil ich keinen Bock habe, ständig Schuldkomplexe mit mir rumzutragen. Wir zwei können keine Kinder kriegen, also hat sich das. Ich weiß nicht, warum ihr Kinder haben wollt. Das ist auch euer Ding. Ich bin, was ich bin. Und wenn ich bedenke, was ich von meinen Eltern alles mitgekriegt habe, wie viel Scheiß ich heute noch mit mir rumschleppe." Er schüttelte resigniert den Kopf. „Nein, Christiane, ich will meinen Scheiß so nicht weitergeben, jedenfalls nicht an ein Kind. Ich habe kein Recht dazu. Bloß um euch beiden vielleicht einen Gefallen zu tun, das ist zu wenig, das reicht einfach nicht."

„Wie, kein Recht?" fuhr sie ihn an.

Er lächelte etwas bitter.

„Unsereins ist brillant als Onkel oder Tante. Du kannst kommen, bist einfach ein Gegenentwurf zum Mutter-Vater-Kind-Modell. Die kleinen Scheißer kriegen mit, dass es noch mehr gibt. Und sie finden dein Leben viel interessanter als das ihrer Eltern. Aber wir hauen auch wieder ab, sonst geht nämlich der Zauber weg. Ich habe keine Lust, meinem Kind anzusehen, dass es sich eine richtige Familie wünscht, weil es keine richtige Familie hat."

„Familie!" Christiane war enttäuscht. Ich weiß nicht, was sie sich gedacht hatte. „Familie", sagte sie noch mal. „Was ist das eigentlich? Da gibt's ja wohl etliche Modelle, oder wie? Alleinerziehend zum Beispiel. Mutter, Vater, Kind ist ja wohl Sandkasten, mein Lieber."

„Ja, die anderen Modelle gibt es." Er blieb ruhig. Ich bewunderte ihn dafür. Für diese Ausgeglichenheit. Diese Fähigkeit, sich zu streiten, ohne die Gegenargumente als persönliche Beleidigung zu missdeuten.

Ich schaltete mich ein: „Ich glaub, wir sind eigentlich Einzelkämpfer. Wir haben das gelernt, sicher auch durch den Fakt, dass wir eben schwul sind. Wir zwei sind freischaffend. Nächste Woche oder nächstes Jahr kann einer von uns ohne Aufträge dastehen. Und das mit Kind. Dann krieg mal wieder einen Job."

„Na, du bist doch nicht allein", sagte Lillian und zeigte auf die Runde.

„Im Moment nicht."

„Du kannst mich für oberflächlich oder feige halten", sagte er zu Christiane. „Ich will diese Verantwortung nicht. Ich habe meinen Platz gefunden, ein Kind stellt das alles in Frage. Alles, was ich bis jetzt gemacht habe. Ich will nicht darauf verzichten."

Christiane wollte etwas entgegnen, aber er kam ihr zuvor: „Ja, das ist egoistisch. Aber es ist besser, als einem Kind, das eigentlich nichts dafür kann, vorzuwerfen, seinetwegen Chancen verpasst zu haben."

„Gut, ich hab's kapiert. Keine Kinder." sagte Christiane, sie war enttäuscht. Möglicherweise auch erleichtert. Ich konnte nicht ausmachen, ob ihr Versuchsballon nur für uns gedacht war oder ob sie sich selber auch auf die Probe stellen wollte an diesem Abend.

„Zur Samenbank kannst du immer gehen", schlug er vor. „Da gibt's noch andere nette Spender."

Christiane forschte in seinem Gesicht nach Spott und Missbilligung. Sie fand nicht, wonach sie suchte.

„Ja, vielleicht. Wir werden sehen."

Jetzt hätten wir den Fall zu den Akten legen können. Mit Erledigt-Stempel und „Gut-dass-wir-drüber-geredet-haben"-Vermerk. Eine Verschluss-Sache für die Zukunft. Nicht geheim, aber heikel.

Lillian sah nach, ob wir noch Wein in unseren Gläsern hatten. Christiane trank ihre Neige in einem Zug leer. Nein, es war noch nicht ganz erledigt.

„Habt ihr zwei euch abgesprochen heute?" fragte ich. „Das war doch jetzt keine Schnapsidee."

Bevor Christiane etwas sagen konnte, antwortete Lillian: „Nein, das war es nicht." Sie holte Luft, als wäre sie jetzt wirklich eine Mutter und müsste ein Kind über die Geheimnisse der menschlichen Sexualität aufklären. „Es wäre schön, glaube ich. Die Heteros denken, dass unsereins nicht fähig ist, Verantwortung zu übernehmen. Das wär doch ein Zeichen. Dass wir das auch können. Kinder großziehen, Familie haben, füreinander sorgen. Das könnten wir doch genauso gut." Sie wurde unsicher. „Falls wir das müssten", setzte sie hinzu.

„Nein", sagte er, „das können wir nicht."

„Und wieso?" fragte Christiane entrüstet.

Ich sah es ihr an. Christiane wollte tun, was sie immer tat. Auf die Barrikade und kämpfen, sich verteidigen. Gegen alles und jeden. Aber heute Abend funktionierte es nicht, denn wir waren nicht die Feinde. Wir waren keine Kollegen, gegen die es Wagenburgen zu bauen galt.

Er antwortete: „Weil erstens egal ist, was andere von uns halten, und zweitens du nie dazugehören wirst. Du bist immer die Ausnahme. Entweder die Lesbe oder die Lesbe mit Kind. Und ich bin immer der Schwule, ob nun verheiratet oder nicht, ob ich ein Blag adoptiere oder nicht. Da kannst du machen, was du willst. Gegen die dreckige Fantasie anderer Leute hast du nichts in der Hand. Entweder sie beneiden dich, weil sie glauben, du fickst nur rum und bist unabhängig, weil sie nämlich nicht rumficken können und weil sie abhängig sind oder sich zumindest so fühlen. Sie sehen dich und mich niemals als vollwertig an. Du wirst unterschätzt oder du wirst überschätzt." Er machte eine kurze Pause, aber wir wussten, dass er noch nicht fertig war. „Und wenn wir das wirklich machen würden, dann müssten wir wieder so verdammt gut sein. Immer besser als die anderen, immer wieder. Weil wir bei den Heten nur bestehen, wenn wir besser sind als sie. Und das krieg ich im Job schon genug. Das muss ich dann nicht zu Hause auch noch haben." Er schüttelte mit dem Kopf. „Die Heten sind da, haben ihren Platz und der Rest wird nicht hinterfragt. Aber uns hinterfragen sie. Und das gönn ich ihnen einfach nicht."

Lillian ließ die Worte auf sich wirken.

Christiane war auch still, sie zuckte mit den Schultern.

Vielleicht gab es jetzt einen Riss in unserer Freundschaft, vielleicht hatten wir die Frauen enttäuscht. Ein Bild zerstört. Vorstellungen funktionieren nur, wenn sie nicht erfüllt werden. Für manche ist es einfacher, im Konjunktiv zu leben. Aber diese beiden Frauen hatte ich bis dahin nicht so erlebt. Mag sein, wir hatten an diesem Abend den Anfang vom Ende unserer Freundschaft markiert, den Punkt der größtmöglichen Annäherung, von dem aus man sich immer nur weiter entfernen kann, was immer man auch tun und sagen wird.

Ich schenkte Wein nach, die zweite Flasche war fast leer. Es war spät.

„Warum hast du deine Tarotkarten jetzt nicht da?" sagte ich zu Lillian. Es sollte ein Spaß sein. Aber niemand lachte.

„Die Karten helfen dir nur, wenn du schon eine Entscheidung getroffen hast", konterte Lillian. Sie wies mich zurecht. Ruhig und souverän überhörte Lillian die Missbilligung, die eigentlich in meiner Frage steckte.

„Ja, ich weiß", beschwichtigte ich. „Sollte ein Spaß sein."

Christiane sah uns an, in ihren Mundwinkeln saß ein kleines Lächeln. Entweder stempelte sie uns als Feiglinge ab, oder es freute sie diebisch, uns einfach mal zwischendurch aus dem Konzept gebracht zu haben.

„Aber heiraten, so ohne Kinder, das wäre doch nicht schlecht, oder? So als Gedanke." Sie lachte. Nein, es war wohl kein Riss. Vielleicht hatten wir genau die Antwort geliefert, die sich die beiden bislang nicht zu geben wagten. Und sie hatten uns im Gegenzug die Fragen gestellt, die wir uns nie zugemutet hätten.

„So als Gedanke ist das nicht schlecht", sagte er und sah mich an.

Ich erwiderte seinen Blick und versuchte in seinem zu lesen.

„Machst du mir einen Heiratsantrag?" fragte ich.

„Mal sehen. Kannst mir ja auch einen machen."

In diesem Moment hätte ich Ja gesagt. Aus tiefstem Herzen und gegen alle logischen Einwände, die ich hegte. Es war etwas zu früh, es war zu endgültig, es war zu viel auf einmal. Wir lebten erst wenige Tage in der neuen Wohnung, wir wussten noch nicht, ob dieses Experiment auf lange Sicht funktionieren würde. Wir wussten nicht einmal, wie lange diese Liebe uns beiden bliebe.

Dennoch: Ich hätte Ja gesagt. Züchtig lächelnd wie Doris Day, affektiert kichernd wie Meg Ryan, zähnefletschend und oberlippig wie Julia Roberts. Oder wie alle drei zusammen.

Ich hätte Ja gesagt, weil ich ihn liebte, weil es unlogisch schien, aber doch richtig.

Es war lange still. Oder es kam mir so vor. Eine Ewigkeit. Ich sah ihn an, ich sah auch, wie die beiden Frauen uns erwartungsvoll musterten. Mein Kopf spielte alle Varianten durch, und dennoch wischte mein Gefühl alle Einwände weg mit einer übermütigen und laschen Geste, wie ein Finger, der im Vorbeigehen ein Kartenhaus streift. Ohne Grund, nur, weil es so verlockend dasteht, so beschissen perfekt ausbalanciert.

Ja! Ich hätte es gesagt. An diesem Tisch, vor Christiane und Lillian und doch ganz allein zu ihm.

Ich wartete, bis dieses Ja aus meinem Mund kommen würde, und wartete gleichzeitig auf ein Zeichen von ihm. Vielleicht würde dieses Ja aus seinem Mund kommen. Und als ich selber das Zeichen geben wollte, als dieses Ja sich zu einem Wort zusammenballte und meine Stimmbänder, Zunge und Lippen passieren wollte, sagte er, als hätte er meine Gedanken gelesen: „Langsam."

Er nahm die Hand von meinem Bein, beugte sich zu mir, berührte mein Gesicht, küsste mich und sagte: „Langsam."

Die beiden Frauen sitzen an unserem Küchentisch und warten. Sie haben mich belagert. Sie halten sich an der Hand. Ich finde keinen Dreh, sie hinauszukomplimentieren. Sie sind keine Zeugen Jehovas, keine Versicherungsmaklerinnen oder Abgesandte vom Kinderschutzbund, die für eine Unterschrift und eine Spende über erwachsene Leichen gehen. Es sind Lillian und Christiane. Sie lauern immer noch.

Ich sitze ihnen gegenüber, als stünde ein Schachbrett auf dem Tisch zwischen uns und ich wäre am Zug

„Ich würde gern noch was trinken", sagt Christiane beiläufig.

„Klar." Ich gieße nach.

„Danke."

„Ihr seid ja soweit fertig", sagt Lillian, sich in der Küche umsehend. „Nur die Uhr muss noch wohin."

Ich nicke. „Ja, die Uhr. Dazu braucht es aber eine Leiter, einen Hammer und einen Nagel."

„Es sind immer die kleinen Dinge im Leben", bemerkt Christiane, den Blick wieder mir zuwendend.

Ich räuspere mich und atme durch.

„Ja, die kleinen Dinge." Ich versuche, mich ebenso beiläufig umzusehen. Ich bin mir bewusst, dass mich jede Bewegung und jedes Wort verrät. Schon alleine deshalb, weil die beiden Frauen zum ersten Mal an einem nicht gedeckten oder für sie vorbereiteten Tisch sitzen. Es ist das erste Mal, dass sie uneingeladen bei mir sind, bei uns. Wir haben immer Termine vereinbart. Anhand meiner alten Kalender könnte ich alle Essenseinladungen, alle Kino- oder Theaterbesuche, inklusive der jeweiligen Vorstellungen und Filme, alle Weinabende und Kaffee-Nachmittage rekapitulieren. Ich habe alle notiert, mit Uhrzeit und den Dingen, die ich mitbrachte oder die Christiane beisteuerte. Sogar Einkaufslisten stehen in meinen Kalendern. Wenn ich eines Tages meine Memoiren schreiben sollte, dann wäre es eine Aneinanderreihung von Rezepten, Weinkarten und Stichworten für Kino- oder Theaterrezensionen.

Wir kennen uns so lange und haben uns nie außer der Reihe besucht, sind nie einfach so vorbeigekommen, spontan, weil wir Lust darauf hatten oder uns nicht mehr anders zu helfen wussten. Plötzlich kommen mir meine Freundinnen fremd vor.

Wie die Wohnung gegenüber, in die man von unserem Wohnzimmer aus sehen kann. Man erkennt die Lehne eines Sessels, die Krone eines Ficus Benjamin und die kugelförmige Deckenlampe, ein Bild und eine Tür, die immer offen steht. Aber man sieht nur den Ausschnitt, den das Fenster präsentiert. Durch einen Zufall kommt man hinein und sieht plötzlich, dass alles ganz anders ist, dass die Privatsphäre nicht verletzt wurde durch diese Blicke, weil sie größer ist als dieser Ausschnitt und weil dieser Ausschnitt bewusst als öffentlich gilt. Weil die Bewohner von meinen Blicken wussten und ihnen ausgewichen waren.

Ich will es nicht erzählen, ich will nichts sagen von dem gelben Zettel und von *Skinlthrhunk27*, davon, dass er sagte, er ginge noch einen Job erledigen heute abend. Es klingt wie eine billige Variante der „Bonn ist in Berlin"-Geschichte, und auch die wäre nichts fürs große Theater. Wir spielen Schlagertexte durch.

Ich schäme mich.

Für die letzten Stunden, für diese kleine Bewegung des Verrats. Nicht ihm bin ich böse, ich bin mir böse, meinem neugierigen Zeigefinger und meinen Augen, die gelesen haben, was nicht für sie bestimmt war.

„Also", sagt Christiane. Es klingt wie ein Startschuss.

Lillians „Also" ist das Echo in den Bergen.

„Also. Ich habe einen Zettel mit einer Adresse und einem Internet-Namen bei ihm auf dem Schreibtisch gefunden, und ich glaube, er ist grad bei diesem Mann."

Die beiden sehen mich an, als käme das dicke Ende noch, als wäre es an mir, die Pointe der Geschichte zu erzählen.

„Ich habe nur die Post hingelegt, nichts weiter. Und ..."

„Und du hast spioniert", fasst Christiane zusammen.

„Ja, aber ich bin nicht deshalb in sein Zimmer gegangen. Und ich fühle mich Scheiße deswegen. Deswegen und weil er jetzt wahrscheinlich bei dem Kerl ist und sich vielleicht auch noch in den verguckt."

„Oh, du hast wieder deine selbstbewusste Phase." Christiane funkelt mich kampflustig an.

„Meinst du, das geht so schnell?" Lillians Frage kommt etwas kleinlaut, weil sie weiß, wie schnell so was geht im Kopf. Aber sie nimmt sich sofort zurück, weil Christiane ihr einen belustigten Augenaufschlag schenkt.

„Ich weiß nicht, wie schnell das geht. Aber, ich weiß, was ich ihm alles nicht bieten kann", sage ich leise.

„Aha." Christianes Ton bleibt süffisant.

Nun habe ich es gesagt, und es hat mich nicht erleichtert.

„Ihr Männer tickt doch eh anders", sagt Lillian, eine beschwichtigende Anklage, wie der Verweis auf eine Krankheit, einen Gen-Defekt, etwas Angeborenes.

Und womöglich ist es das auch.

„So anders ticken die nicht, wie du siehst." Christiane deutet mit einer Kopfbewegung auf mich.

Ich fühle mich wohl angesprochen, denn ich zucke mit den Schultern. Vielleicht die Hormone. Haben Männer eben auch ihre Tage? Warum soll Empfindlichkeit weiblich sein, wozu auch?

„Und was willst du machen?" Lillian sieht mich an.

„Was ich machen soll? Die Frage ist doch, was er macht."

„Nein, ist es nicht." Christiane fährt hoch, als hätte ich sie persönlich angegriffen. „Ist es gar nicht. Was du willst, musst du selber wissen. Da kann er dir nicht helfen. Wenn du ihn liebst, dann musst du da durch. Und ..." Christianes Stimme bleibt hängen, ganz oben, sie holt Luft, um den Start erneut zu versuchen. „Und wasch mir den Pelz, aber mach mich nicht nass, geht nicht mehr."

Ich weiß nicht, was sie meint. Beide sehen mir das an, wie ich ratlos vor ihnen sitze, während sie meinen Wein trinken und mich ansehen wie bei einem Standgericht.

„Dass so was passieren könnte, hast du doch gewusst. Und dass ihm so was passieren kann, hast du auch gewusst. Auf deinem Stuhl könnte jetzt genauso gut er sitzen mit demselben Problem und uns die Ohren vollheulen."

Wer hat hier wem die Ohren vollgeheult? Von wegen! In meinen Schläfen pocht etwas wie Wut. Aber ich kann sie nicht herauslassen, denn Christiane hat mich eben erlegt. Mit einem Fangschuss. Oder nennt man das Blattschuss? Sie hat jedenfalls getroffen.

„Ja, ich weiß." Ich sage es, ohne zu wissen, ob ich es sage oder denke, ob es geflüstert oder geschrien aus mir herauskommt. Ja, ich weiß.

Stille in der Küche. Die Uhr tickt beruhigend, alles ist noch da, alles bleibt, wie es ist, in dieser Küche, in dieser Wohnung, in diesem Leben. Diese Küche ist so endgültig wie die Küche meiner Mutter, als ich klein war, als ich dachte, diese Küche sei ewig, sei schon immer da gewesen und würde immer da sein. Und solange diese Uhr hier tickt in unserer Küche, ist alles in Ordnung, dann gibt es nichts, was sich nicht einrenken ließe.

Ohne dieses Ticken wäre es jetzt unwirklich still.

„Es ist spät", sagt Lillian zu Christiane, die nickend die Uhrzeit bestätigt.

„Wir gehen mal lieber. Wir müssen ja nicht hier rumsitzen, wenn er nach Hause kommt."

Ich nicke und müsste eigentlich mit dem Kopf schütteln.

„Ist das okay für dich?" fragt Christiane.

Ich nicke, schüttle den Kopf und zucke mit den Schultern, bestreite vehement und stimme doch zu. Was könnten sie hier ausrichten?

„Trinkt wenigstens aus. Soviel Zeit ist noch."

Wie auf Kommando heben beide ihre Glaser, halten kurz inne und prosten mir zu. Wir trinken, stellen die Gläser zurück, und alle wirken wir unentschlossen. Ich bin froh, dass bei den beiden alles geklärt ist. Weil es gut ist und weil sie zusammengehören, jedenfalls für mich.

„Pille-Palle", sagt Lillian.

„Was?" frage ich.

„Ja", bestätigt Lillian, um uns zu versichern, dass wir uns nicht verhört haben. „Pille-Palle. Wir haben keine richtigen Probleme. Ich meine *richtige* Probleme." Es ist ein Vorwurf, der wie ein Wiegenlied wirkt aus ihrem Mund.

„Boulevard eben", sagt Christiane.

Aus unseren betretenen Mienen werden langsam grinsende Gesichter.

„Komödie am Ku'damm", sage ich. Wir beginnen prustend zu kichern, verstohlen zunächst, aber dann immer lauter, immer heftiger, wir lachen, dass die Gläser im Schrank zu klirren beginnen und die Uhr zu ticken vergisst.

Ich höre nur entfernt, dass sich der Schlüssel im Schloss dreht, dass die Wohnungstür geöffnet wird, dass er seine Tasche unter die Garderobe stellt und durch den Flur geht.

Wir lachen über Pille-Palle. Christiane lehnt an Lillians Schulter, die Hand auf der Nase, Lillian sitzt einfach da, einen Arm um die Frau ihres Lebens und eine Hand ordentlich auf dem Tisch, ihr laufen vor Lachen Tränen übers Gesicht.

Ich halte mir den Bauch fest, weil mein Zwerchfell gleich reißt. Wir können nicht aufhören.

„Hier ist ja was los", sagt seine Stimme hinter mir.

Mein Lachen knipst sich aus, während die Frauen von abebbenden Glucksern geschüttelt werden.

„Hach", sagt Christiane und nimmt wieder Haltung an, streicht sich eine Strähne aus dem Gesicht. „Wir lachen über Pille-Palle."

Er kommt an den Tisch, gibt den beiden Frauen jeweils einen Kuss auf die Wange.

„Das ist ja interessant."

Er fährt Christiane kurz durch die roten Locken.

„Ja", sagt Lillian.

Er stellt sich hinter mich, umfasst mich und drückt mir einen warmen, weichen Kuss auf den Nacken. Er hält mich fest.

„Hast du noch ein Glas Wein für deinen Mann?"

Er küsst mich noch einmal.

„Ja, hab ich."

„Gut."

„Ich glaub, wir gehen jetzt doch", sagt Lillian unsicher.

Seine feste Umarmung wird lockerer.

„Ach. Ich komm von der Arbeit, ihr hattet euren Spaß, und nun wollt ihr euch verdrücken oder was?"

„Ist ja gut", beschwichtigt Christiane.

„Dann werde ich mal noch 'ne Flasche aufmachen."

„Aber schnell", sagt er und lässt mich los.

Als ich aufstehe und zum Schrank gehe, hält er mich kurz fest. „Alles in Ordnung?"

Ich sehe ihn an, höre, wie Lillian und Christiane betont gleichmütig schweigen.

Der Zeitpunkt ist da! Jetzt muss ich ihn fragen, ihn zur Rede stellen und eine Stellungnahme verlangen. Und ich muss ihm sagen, was passiert ist heute nachmittag an seinem Schreibtisch und was ich auf dem gelben Zettel gelesen habe. Die Frauen sind eingeweiht, sie sind meine Zeugen.

Er sieht mich an und strahlt. Es ist kein Grinsen, aber ein deutlicher Schimmer in seinem Blick, obwohl er müde aussieht und unter seinen Augen dunkle Ringe hat.

Ich setze an, suche den richtigen Anfang eines Satzes, der weder nach Anklage noch nach Resignation klingen soll, der kühl bedacht sein will, fair und dennoch klar formuliert.

Während ich diesen Satz suche, steht er vor mir. Lillian und Christiane sind offenbar nicht willens, mir ein Stichwort zu geben.

Seine Frage muss irgendwoher kommen, er hat etwas gespürt.

Er klingt nur ein wenig unsicher und zugleich beschwichtigend.

Also beginne ich meinen Satz: „Ja, alles in Ordnung. Und bei dir?"

Ich öffne die Flasche, er setzt sich hin, und nach einem Moment antwortet er: „Ja, alles gut. Ich hab sechs Filme verknipst, und dann waren beim kalten Büfett nur noch drei blöde Kanapees übrig. Aber wenigstens kriege ich die Bilder gut los."

Ich stelle ihm ein frisches Glas hin und schenke uns allen ein. Christiane und Lillian sagen gleichzeitig „danke". Unsere Blicke treffen sich, und wir lächeln dabei.

Christiane scheint zu nicken. Lillian beißt sich auf die Lippe und grinst.

„Hast du Hunger?" frage ich ihn.

„Und wie!"

„Ich mach dir schnell was." Ich stehe wieder auf und gehe zum Kühlschrank.

„Wir haben auch Hunger!" ruft Lillian.

„Hm!" bestätigt Christiane.

„Wär den Herrschaften Käsestulle recht? Mit Oliven und Gewürzgurken?"

Alle nicken.

„Ach", sagt er und springt auf. „Unsere Fotos vom Einzug hab ich in der Tasche."

„Dann zeig die her", sagt Christiane.

Während ich den Käse auf einem Teller verteile und Brot schneide, geht er in den Flur, kommt zurück mit einem Umschlag, bleibt kurz hinter mir stehen, umfasst mich wieder und flüstert: „Ist noch was von der Salami da?"

„Ja."

„He, ich lieb dich", sagt er mir ganz leise in mein Ohr. Die Frauen hören es nicht oder tun jedenfalls so. Er gibt mir einen lauten Kuss auf den Mund.

„Ist ja nun gut. Zeig jetzt die Bilder", herrscht ihn Christiane an.

Er lässt mich los, klatscht den Umschlag mit einer gnädigen und triumphierenden Geste auf den Tisch und setzt sich hin.

Mir fällt ein, dass die Flecken auf dem T-Shirt zu sehen sein werden auf den Bildern. Ich hole die Salami aus dem Kühlschrank und schneide ganz dünne Scheiben.